U0036169

魔豆

魔豆

神使繪卷
The Story of GOD's Agents
03

目錄

PENDA

神使繪卷

【人物介紹】

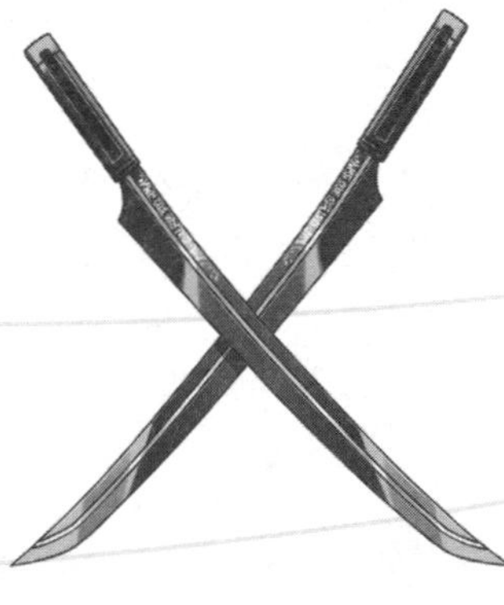

曲九江

繁星大學中文系一年級。
半妖，人類與妖怪的混血，
對周遭事物都不放在心上的型男。
多年前發生的某件事，讓他立志成為神使。
出乎意料的喜歡某種飲料！

宮一刻

繁星大學中文系一年級，暱稱小白。
在系上作風低調、不常發言，總是獨來獨往。
常使用通訊軟體或手機，與另一端不知名人士聯絡……
具有半神的身分，因緣際會下，
成為了曲九江的神！

柯維安

繁星大學中文系一年級。
娃娃臉，總是揹著一個大背包。
雖然腦筋動得快，但缺乏體力，
以喜愛不可思議事件及都市傳說聞名。
身為神使，大型毛筆是他的武器，
而他許下的願望，竟連妖怪都難以啓齒！

楊百罌

繁星大學中文系一年級。
是班上的班代，個性高傲、自尊心強，
同時責任心也重；常被認為不好相處。
現為楊家狩妖士當家家主，
因某種原因，渴望成為神使。

珊琳

綠髮、深棕色眼睛的小女娃，
擁有操縱植物的能力。
真實身分是山精，楊家的下一任山神。

秋冬語

繁星大學中文系一年級，系上公認的病美人。
外表纖弱，總是面無表情，也鮮少開口說話。
種族不明，隸屬神使公會的一員。
出任務時會戴著狐狸面具和穿著一襲斗篷，
但斗篷下卻是魔法少女夢夢露的裝扮；
武器是洋傘。

安萬里

繁星大學文學研究同好會的社長，
同時也是神使公會的副會長，屬軍師型人物。
文質彬彬，總是笑臉迎人，但其實……
鉛字中毒者，身上總會帶著一本書，
有時會引用名著裡的句子。
妖怪「守鑰」一族。

胡十炎

神使公會的會長，六尾妖狐一枚。
雖然是小男孩的模樣，但卻已有六百多歲。
常頂著張天真無邪的天使面孔，說出宛如
惡魔降臨的恐怖台詞……
對魔法少女夢夢露的愛，無人可比！

楔子

你相信這世上有鬼神嗎？你相信這世上有妖怪嗎？

楊百罌相信，而且堅信不疑。

這並不是說她是一個單純的有神論者，而是楊家原本就是信奉著山神的家族；至於楊百罌自己，更是一名專門狩獵妖怪的——

狩妖士！

第一章

「汝等是我兵武，汝等聽從我令！」

隨著一聲高亢有力的女性嗓音劃破山區夜空，數張泛著白光的符紙同時自主人手指間脫出，彷彿有股無形的外力在拉扯它們前進。

「飛鳶！」

操縱符紙的褐髮女孩又是一聲令下，當那飽含力道的兩字溢入空氣，飛至空中的符紙也再度起了變化。

符紙自動摺起，轉眼化成飛鳥般的形狀，尖銳的鳥喙毫不留情地直直瞄準它們的獵物而去。

深夜過十二點的時刻，在杳無人跡的山路上，正發生著一場落在一般人眼中，只會覺得無比不可思議的激戰。

先不論那留著波浪褐髮、看似大學生的艷麗女孩怎麼會手持多張符紙，以一種超乎想像的方式操控它們；光是那些符紙追蹤的對象，就足以讓人生起自己是不是在作夢的錯覺。

——因為，那是不可能存在的生物才對。

高聳尖銳的獨角從額際突冒出來，彷彿能輕易刺穿常人的肉體；在那具高壯似人的光裸身軀上，竟浮現著多隻眼睛；而對方的下半身，赫然是布滿漆黑鱗片的粗大蛇尾！

那是什麼？相信普通人第一眼瞧見時，心裡只會湧起這般驚恐的疑問，接下來的反應則可能是發出恐懼的尖叫，或是眼一閉，直挺挺地昏死過去。

但是楊百罌不是普通人。他們楊家在繁星市是馳名已久的狩妖士家族，專司狩獵危害他人的妖怪——當然在表面上，楊家就只是尋常的望族罷了。

雖然說在七年前曾發生一些事，使得這個家族的大族長，也就是楊百罌的祖父楊青硯，中斷了狩妖士的工作，進而使得聲勢在同業中稍顯遜色。不過現在這項職責，已經正式落在楊百罌的肩頭上。

就算還是大一新鮮人的年紀，然而這名外貌出眾、右眼下沾著一點惑人淚痣、擁有著侵略性美貌的褐髮女孩，便是楊家如今的家主。

凡是在繁星市作亂爲惡的妖怪，她都絕不會輕饒！

化成飛鳥形狀的多張符紙從兩側包夾住那猶在急逃的獨角妖怪，雙翅猛一拍振，前仆後繼地衝向那具軀體。

獨角妖怪就算面向前方，只顧逃跑，身上的多隻眼睛也能無死角地留意那些來自多方的攻擊。

感覺到危機從後方左右兩側逼近，獨角妖怪霍然大力扭動身體，蛇尾頓時靈活朝上一捲，勾住上方的粗壯樹枝，再順勢往上一帶，瞬間避開了飛鳥的攻擊。

失去目標的飛鳥往前直衝，隨即身上冒出火焰，自燃成灰燼。

沒多看那些自動消滅的飛鳥，獨角妖怪——又或者在狩妖士口中被稱爲「傲騰」——的身影快速再躍下。它的雙手撐按地面，背脊弓起，金色的針狀瞳孔盯住來者，裡中閃動凶暴的光芒。

不等面前緊追自己不放的褐髮女孩再抽出一批新的符紙，這個總是潛藏在深夜陰影中偷襲路過女性的妖怪，令人猝不及防地蛇尾一擺，迅雷不及掩耳地直逼向前。

傲騰對自己的速度很有信心。就算那名乳臭未乾的小狩妖士具備著極高的靈力，但只要一被自己接近纏住，那柔軟嘴唇中吐出的，也只會是破碎的悲鳴了。

傲騰想起之前幾次得手的經驗——它尾巴緊緊捆縛住年輕女孩的身子，隨著越漸收攏，進入耳中的不止是痛苦的悲鳴，還有骨頭一根根被絞斷的聲音。

再也沒有什麼比那更悅耳了。

不過，傲騰不會粗魯地將獵物折磨致死。它會留她們一命，在那些呻吟、悲鳴達到最美妙程度的時候，張嘴露出獠牙，深深地刺入那白皙頸子的皮膚底下。

對於傲騰這類妖怪來說，充滿恐懼的血液是無上的美食。

一旦獠牙拔出，傷口也會隨之消失，獵物們會昏迷，會忘記自己遇上什麼。如此一來，社會大眾也不會想到這是妖怪的傑作，只會認定這是哪個精神不正常的隨機傷人魔所做的。

傲騰很聰明，它不會笨得造成人類的高度警戒，也不會奪去獵物的生命。畢竟這樣一來，它不但可能被盯上，也會少了以後狩獵的機會。

啊啊，繁星市眞是一個親切友善的好地方，讓它們這些外地來的妖怪輕易就能獲得食物的來源。

才剛來這裡一個多月，傲騰就深深愛上這裡了。即使最近似乎有著神使在繁星市出沒的傳聞，它也不以爲意。

神使，神明在人間的使者。被賦予神力，專門消滅爲惡的妖怪。

那可眞是令人深惡痛絕的存在。

傲騰一點也不想碰上。事實上，它也不認爲自己眞會倒楣地遇上。再怎麼說，繁星市可是一座大城市，傳聞中的神使則好像只有一人還是兩人，性別還都是男的。

對此，傲騰更加有恃無恐。它的目標都是落單的年輕女性，用不著擔心會誤攻擊到神使。

——在今天深夜之前，傲騰都是抱持著這樣的想法。

不過現在，它可是大大地後悔了。

它哪裡想得到這次心血來潮換個地點，換到山路上去埋伏守候，守到的居然會是個硬得超乎想像的鐵板。

傳聞中只提到神使……該死的、該死的，爲什麼沒人說繁星市裡還有著狩妖士！

殺殺殺，不能留下活口！將她的骨頭全部箍斷，讓她美麗的臉蛋上永遠凝固著那恐懼至極的表情！

殘忍和興奮的神情在傲騰的眼中交織，它感到熱血沸騰，腦海中已經能預料到下一秒將發生的事。

它看見褐髮女孩抽出新的符紙，可是她不會有時間唸完咒語，因爲在那之前，對方纖細的身子就會被自己的蛇尾緊緊纏住，無法呼吸了……

咦？傲騰的思緒霍地停頓，它發現自己竟然沒辦法再向前，然而面前的狩妖士已吐出悅耳但冷酷的聲音。

「汝等是我兵武，汝等聽從我令，明火！」

楊百罌可不會在意前方的妖怪感到多麼震驚，她毫不留情地再射出多張符紙，每張符瞬間就燃成熾烈的火球。

紅影鎖定目標，有志一同地全衝向擁有獨角、蛇尾的妖怪。

傲騰雙眼瞠大，幾乎到達暴突的地步。它最怕的就是火焰，要是被那烈火一燒，沒死也要去掉半條命。

不不不！它還不想死，它還想留在繁星市！這裡明明有那麼多美味的「獵物」！

傲騰驚慌失措地想要閃身脫逃，可是它的蛇尾就像被什麼強橫地抓住。

這太奇怪了！它身上的眼睛明明就只看到有點霧氣在附近飄動，根本沒有任何偷襲……不對，等一下！

爲什麼那陣霧就只停留在自己的尾巴附近不動？普通的霧哪有可能……

傲騰的思考瞬間凍結了。

而就在這剎那，白霧消退，映入傲騰其餘眼中的，赫然是一名個子矮小的孩童。

那是個綠髮的小女孩，她的大半臉龐被垂落臉前的髮絲遮住，從間隙中露出一隻深棕的眼眸。而在她的潔白小手上，正各自抓握著一條堅韌的綠藤。

藤蔓的另一端，不偏不倚就是纏在傲騰的蛇尾上——原來這就是它無法脫身，也無法及時逼近楊百罌的原因。

傲騰身上的所有瞳孔都在收縮。它是個聰明的妖怪，就算現在人類社會裡，一堆人五顏六色比它們還更像妖怪——看看那些頭髮，看看那些眼睛——它也不會眞傻得以爲那個穿著民族風服飾的小女孩，是染了頭髮又戴了有色鏡片。

她的髮絲碧綠如山林，眼眸深棕如泥土……

見鬼的，那才不會是人類！

就在大小火球沾上身體的剎那間，傲騰的喉嚨內衝出了狂嘯怒嚎。它的皮膚簡直像正經歷一場大地震，連同它身上的眼睛一起出現了劇烈的起伏。

那場景說有多古怪就有多古怪。

「珊琳，快退開！」楊百罌心中一凜，防備生起，當機立斷地揚聲喝道。

「知道！」珊琳馬上鬆開掌中綠藤，仿效楊百罌的動作，迅速和那發生異變的妖怪拉開距離。

可是誰也沒想到，傲騰口中的嚎叫倏然成了大笑。

「愚蠢！愚蠢愚蠢愚蠢的傢伙！」在那尖高刺耳的大笑聲中，傲騰沾著火的皮膚竟像是一件大衣滑脫了開來，從裡頭竄出一抹更小的身影。

獨角、蛇尾，渾身充滿濕黏的液體；背上除了多隻尚未睜開的眼睛，還有著一副半透明、看似脆弱的翅膀。

那就像是新生的、小小的傲騰。

「什……！」楊百罌不禁愕然。她本以爲那妖怪會使出什麼傷人傷己的攻擊，卻沒料到對方竟像蛇一樣地蛻皮了。

火球將那具被留下的皮囊燒去大半，焦臭味瀰漫在山路上。

利用蛻皮逃過一劫的傲騰，不假思索地轉向了山路的另一側。即使底下是幽深的山谷，對它而言也是一條絕佳的逃生路徑——總好過要面對狩妖士和那個不是人也不是妖的小女孩的包夾。

更何況，此刻的傲騰壓根沒有多餘的力氣戰鬥。它這一蛻，蛻去了原有的皮殼，也等於是喪失了之前累積下來的力量。它需要重新花時間修煉，不過，只要能逃過這次，它就可以再度潛伏在繁星市。有那麼多食物在，不怕無法補充力量。

懷抱著這樣的想法，傲騰躍出了山路外圍的護欄，背後半透明的雙翅猛一張開。

「別想逃！珊琳，抓住它！」楊百罌瞬間回過神來，指間又挾著一張符紙，美眸凌厲無比，「汝等是我兵武，汝等聽從我令，裂光之鞭！」

沒有絲毫猶豫，楊百罌和珊琳聯手攻擊。

白光飛閃，一條光之鞭頓時和另一束翠綠藤蔓快速席捲向即將遠離山路的漆黑蛇尾。

說時遲、那時快，還未等蛇尾被兩方攻擊縛住，自上空竟是冷不防地疾落下三道泛著碧綠光芒的光束。

三道碧光準之又準地穿過了傲騰的後頸、後背，以及蛇尾。

頓時，傲騰淒厲慘叫，身上所有眼睛就像是受到衝擊，不敢置信地猛然張開。

楊百罌的臉上閃過驚愕，珊琳更是睜大了隱在髮絲間隙的眸子。

誰都沒想到，會突如其來殺出了第三人。

可是，這名未知的伏兵是誰？

楊百罌畢竟比小孩子心性的珊琳穩重得多，在心思百轉千繞間，並沒有忘記手上的動作。裂光之鞭的末梢俐落纏捲上傲騰的蛇尾，手臂再立即一施力，便要將那抹穿刺著三道碧光的身子拉拽而回。

但是，意料外的事情再度發生了。

傲騰的身子剛一被拉上，還未回到山路中，又是一道碧光快若疾雷地襲來。

這次的速度比先前的更快，楊百罌甚至都還來不及看清楚，只覺眼中有光影掠過。

「百罌，小心！」珊琳無從判斷那道碧光從何而來，眼見那光是衝著山路的方向而去，她下意識認定楊百罌會有危險，急忙身形散爲霧氣，再聚回人形時已是猛力地撲向了楊百罌，讓兩人一併閃避到另一方去。

就在這瞬間，那道凶猛的碧光亦揭曉它針對的目標——傲騰！

碧光毫不留情地沒入傲騰的心口，那不知道是多強悍的力道，才能讓傲騰的身體跟著一起往後飛，撞上高聳的岩壁。

當那道從傲騰心口沒入、再由後背穿透出來的碧光深深地釘在山壁裡，它登時也徹底地沒了聲息，只剩下身上的一隻隻眼睛還暴突地張著，就像是至死都還搞不清楚究竟發生了什麼。

事實上，就連珊琳和楊百罌也不清楚。

珊琳大力握著楊百罌的手臂，棕眸滿懷警戒地環視四周。不管對方是誰，她都不會讓人傷害百罌！

楊百罌仰起頭，瞇眼望著傲騰身上留著的四項武器。

那正是那些碧光的眞面目：其中釘在頸子、肚腹和蛇尾上的，是三支碧綠光箭；而正中心口，也是形成致命傷的，則是一柄烙著碧紋的長劍。

她沒有看過那些武器，但它們散發出來的感覺……讓人覺得不陌生。

「珊琳，對方還在這裡，找出他們。」楊百罌語氣平淡，可內裡卻有著一絲怒氣在燃燒。自己的目標無端遭人中途攔截，簡直就像是變相的挑釁。

珊琳迅速點點頭，眼一閉，穩定心緒。這裡是山區，而她是山精，由山中靈氣產生而成，更是楊家的下一任山神。這裡等同是她的領域，誰也無法在她的眼下藏身。

下一秒，珊琳驀然張眼，沒有抱住楊百罌手臂的另一手立即一拍地，鋪著柏油的路面眨眼迸出裂縫，數條綠藤鑽出，飛也似地朝某個方向而去。

一聲驚慌的尖叫霍地從樹上傳出。

「哇啊！」

那是屬於女孩子的聲音。

感受到自己的藤蔓準確地纏住其中一人，珊琳即刻再抽回綠藤。

就見一抹裹著斗篷的纖細身影跟著從樹間墜下，手上還抓著一面碧色長弓，藤蔓緊緊縛住她暴露在斗篷外的腳踝。

但就在下個轉瞬間，另一端的樹中竄下了其他人影，動作快如鬼魅，眨眼便要欺近珊琳。只不過，這次楊百罌已有準備。抓準對方揮劍削斷綠藤之際，將靈力注入符紙，使之展開，如同一把金屬摺扇，同時一個箭步向前，迅疾朝著對方揮出。

長劍和符紙當下交擅在一起，擦出在夜間顯得格外刺耳的尖銳聲響。

楊百罌的眸子冷厲，面無表情地直視著長劍的主人，一身凜傲的氣勢並沒有因爲看清了對方是個比她高出許多的男性，就有所減少。

是的，男性。

就算那人全身亦是包裹著斗篷，臉上還戴著一張狐狸面具，但不管是持劍的手腕或是對方的肩寬、體型，都表明了不容錯認的性別。

相反地，楊百罌眸中的冷厲更甚。她認得那身打扮，自己那隸屬神使公會的室友，也曾多次以這樣的打扮現身。

所以，神使公會是什麼意思？居然讓人從中攔截她的狩獵目標嗎？

雖說面前的褐髮女孩氣勢越漸冰冷，那名高個子的狐狸面具人影依舊是一言不發，可環繞在身邊的，也是一股不相上下的冷肅，握著手中長劍的勁道沒有絲毫退讓的意思。

珊琳看看楊百罌，又看看削斷她綠藤的人影。在這麼近的距離之下，她立刻辨認出對方的氣息。

神力的味道如此明顯，他們是……

珊琳不禁有絲緊張地張張嘴巴，可是在她說出任何話阻止不該是敵對立場的兩人爆發戰鬥前，有一道聲音比她更快，也更響亮地打破了這份令人不安的沉默。

「嗚啊啊，我覺得我的屁股痛到要裂成兩半了……」那是一道可憐兮兮的哀叫聲，聲音聽起來年輕又清脆，「怎麼辦啦，哥……這樣人家以後還怎麼當美少女？」

這一陣哀叫，登時成功轉移在場另外三人的注意力。

雖然珊琳沒辦法看見高個子人影的臉，可她下意識覺得對方像在極力忍耐地閉了下眼睛，就連從那張狐狸面具下傳出的聲音，聽起來也是充滿著忍耐的味道。

「我不想再針對妳所謂的『美少女』提出任何意見……但是，別連這種事也要我提醒妳，人的屁股本來就是兩半的。」

「哇！哥，你這樣的發言會被人當作性騷……」那名語調帶著驚奇成分的女孩子忽地閉上了嘴巴。

珊琳見對方也是裹著斗篷、戴著狐狸面具，從她抬頭的方向，可以判斷出她是望著……

珊琳順著那目光一轉頭，當下瞭然地點點頭，對方也看見了高個子人影和楊百罌依然僵持不下。

「那個……我可以問你們在做什麼嗎？」和自己的兄長相比之下顯得格外嬌小的女孩，下一秒便慌慌張張地跳起來，似乎也忘記了屁股撞地的疼痛，「對不起，當我沒問。總之、總之……哥，你怎麼可以拿劍指著女孩子！」

「……那麼，妳就沒有看見妳哥也是被人拿著武器指著嗎？」高個子人影幾乎像是從齒縫間迸出低冷的聲音。

珊琳不由得認爲，假使楊百罌不是還拿著符扇，高個子人影恐怕已經忍無可忍地先賞給自己的妹妹一記爆栗了。

顯然楊百罌也是這麼想，所以她雖然還是冷冷地睨視著高個子人影，不過她五指的勁道鬆放，接著一抽手，宛如金屬堅硬的符紙摺扇登時不再與長劍咬著不放。

「哇，這武器看起來眞酷！」嬌小人影不自覺地脫口而出，但一發覺兄長瞥了自己一眼，馬上迅速摀住了嘴巴。

見楊百罌收手，那名高個子的人影也收回劍。

只見那柄烙著碧綠花紋的長劍化作光點散逸，飛快地竄入人影左手的手背上。

楊百罌和珊琳看得清楚，那人的左手手背至中指上，攀繞著像是植物枝蔓的深綠花紋。

那是……珊琳微睜大了眼，這一看，讓她更加確定對方身分。

那兩人正如她所想，果然是……

突然一個重物墜地的聲音，引走了眾人的注意力。

原先被釘在岩壁上的傲騰砸落在路面上，貫穿對方身軀的武器全都消隱無蹤。

「不好意思，我只是想收回我的箭，沒想到它就……呃，掉下來了。」個子嬌小的狐狸面具人影像是尷尬地撓撓臉頰，在她的右手背至中指上，也有著類似植物枝蔓的花紋，只不過顏色是淡綠色的。

至此，楊百罌也已經完全肯定了對方的身分。

神使公會，神使。

「我不管你們是神使。」她冷哼一聲，目光尖銳，「這裡是我楊家的土地，傲騰是我原本鎖定的獵物，你們擅自插手，未免也插得太超過了。中途打劫就是所謂神使公會的風格嗎？」

「中途打……不是、不是，妳誤會了！我們絕對不是這個意思！」小個子人影慌張得像是要跳起來，她急忙擺著手，想要解釋這是一場誤會，「我們只是剛好發現這裡有妖氣……等等，妳方才是不是說了『神使』？」

「你們兩人，是神使沒錯吧？」代替回答的是珊琳，她細聲細氣地說：「我聞得到神力的味道，而且你們手上的是神紋，這些特徵都很明顯。」

「這麼說的確很明……不對啦、不對啦！」小個子人影猛地又哇哇叫起來，「一般人不該知道什麼叫作『神使』才對吧？爲什麼妳們會知道……嗚啊！」

這一串稍嫌激動的追問，是以一聲痛呼作結尾，小個子人影摀著自己被人不客氣敲上一記的腦袋，垮著肩膀，不敢再造次地閉上嘴。

「因爲她們不是一般人，妳的腦袋眞的是裝飾用的嗎？」身爲兄長的高個子人影雲淡風輕地說，看不出他剛剛才對自己妹妹做了鐵拳制裁，「楊家的土地，她們是狩妖士家族的人。妳要是再不把一些基本知識記好，我可會教訓妳一頓了。」

小個子人影頓時發出一些含糊的咕噥，聽起來不外乎是「你明明都先打了……」。

無視那陣咕噥，高個子人影轉身面向楊百罌和珊琳，語氣堅冷。

「我們沒有要中途打劫的意思，如果造成妳們的不快，還請見諒。但是消滅爲惡妖怪原本就是神使的職責，我們不會因此停手不做。要是眞覺得我們有搶人獵物之嫌，我的建議是，那就不要讓人有插手的機會。」

拋下這番聽似有禮，實則不客氣的話語，戴著狐狸面具的高個子人影向楊百罌她們點下頭，便直接抓住自己妹妹的手臂準備走人。

「咦？欸？要走了嗎？可是，哥，你剛說的話，聽起來爲什麼比較像挑釁？哎，別拉著我，我們不用再解釋一下嗎？例如那個什麼會的，其實我們根本就……」矮個子人影就像還在狀況外，一頭霧水地嘀咕道。

只是那聲音很快也變得模模糊糊的。

當那兩抹同樣裝扮的人影消失在夜色中，山路上登時只剩一片寂靜。

「……那兩名神使，感覺很有趣耶，百罌。」珊琳眨了眨眼，隨後像是忍不住地咯咯笑起，清脆的笑聲在夜晚山路上像是有許多小鈴鐺在搖動。

「完全不覺得。」楊百罌面無表情地收起符紙，「我只感到不愉快。尤其是那個高個子的傢伙，真是令人火大。」

「咦？欸？啊！那一定是同類相斥的關係吧？」珊琳就像恍然大悟般拍下掌，「他給人的感覺和百罌很像呢。就是有點硬邦邦，然後又刺刺的感覺……不過我一點也不討厭這樣，我很喜歡百罌喔。」

楊百罌張大眼，一時啞口無言，不敢相信自己居然會被拿來和對方做比較。

渾然不察褐髮女孩震驚的心情，珊琳越想越覺得有道理。她笑逐顏開地點點頭，閃閃發亮的眸子立即瞅著楊百罌，有如等待對方的讚美。

面對楊家守護神的天真眼神，楊百罌卻什麼話也說不出口。她不想讓那張稚氣的小臉失去光采，可是一承認的話，不就表示自己也是硬邦邦、還刺刺的嗎？

別、別開玩笑了，她怎麼可能會是那樣啊！她最近明明廚藝稍微進步了一點，雖然烤出的餅乾還是焦的，但女人味多少也算增加了吧？

就在楊百罌僵著美麗的臉蛋，陷入進退兩難之際，以爲氣絕的傲騰忽然有了些微的動靜。從傲騰張開的嘴巴中，倏地鑽爬出一截黑色影子，就像蠕動的毛蟲。

那是傲騰眞正的核心。

自恃著這模樣絕對不會被人發現，它全副心神都放在「逃脫」這件事上，以至於大意忽略了從旁靠近的危機。

等到它注意到陰影籠罩在自身上頭時，已然來不及了。

它最後看見的景象，就是冷著臉、莫名怒氣騰騰的褐髮女孩，一腳不留情地提起踩下——

它錯了，繁星市才不是什麼好地方，這裡對妖怪眞是他媽的不友善透了啊！

□

楊百罌可說是帶著一身未消的怒氣，回到了大學宿舍。

她是個狩妖士，但她同時也是繁星大學中文系一年級的學生。

按照學校規定，除了特殊因素外，一年級一律強制住校。

楊百罌不認爲自己比別人特別，更何況身爲系上班代，更該以身作則。因此一結束今晚和珊琳的狩妖訓練——雖然中途被人莫名其妙地打亂——她便吩咐珊琳回楊家休息，順便監視爺爺，不能再讓對方熬夜看連續劇到清晨四、五點了，自己則是騎車返回大學。

夜半時分的校園被靜謐和黑暗籠罩著，只有宿舍附近的便利商店區域還有著些許人聲。

由於已過半夜十二點，不論男舍、女舍的大門都從自動感應切換成了掌紋認證模式，必須在門外的掌紋機上輸入掌紋，經過身分確認後，大門才會開啓。

「唰」地一聲，兩扇透明的厚重門扉向左右滑開，待楊百罌走進後，才又闔上。

正對著大門門口的管理員室還亮著燈，但卻沒有見到舍監的身影，倒是窗戶前放著一個「巡視中」的牌子。

宿舍內相當安靜，即使熬夜對大學生來說是司空見慣的事，不過在嚴格的宿舍公約規定下，眾人都知道一過了十二點就得降低音量，否則很可能會惹來其他同學的白眼，更糟的是被樓長或舍監抓出來狠狠地教訓一頓，再附加勞動服務。

楊百罌幾乎是悄無聲息地繞進她們中文一女生寢室所在的走廊內，有些門板的縫隙下還透著燈光，有的則是已經關了燈。

楊百罌住的八號寢，從門縫底下流洩出的就是一片昏暗。猜測著和自己同寢的那名室友已經熟睡，她輕輕地旋動門把，發現房門未上鎖後，眉頭不禁微蹙起來。

不管如何，半夜不鎖門未免也太沒有戒心了，畢竟宿舍之前才傳出有小偷入侵的消息。

等到楊百罌推門而入，映入她眼中的並非燈光全暗的景象。在她床位對面的書桌前，赫然亮著小盞的桌燈。

白色的小號燈管仍提供了足夠的照明，讓人可以一眼就看清楚書桌的主人正蜷縮在椅子上，光裸的兩隻腳也一併縮在椅上，一頭未綁束的烏黑長髮披散，齊劉海下的臉孔精緻秀氣。尤其在燈光的照映下，更是突顯了膚色的蒼白，那是種不健康的顏色。

怪不得門沒鎖，原來房內人還未睡。

這名充滿病弱之氣的長髮女孩不是別人，正是唯一和楊百罌同寢的室友，亦是她的系上同學，秋冬語。

即使從外表看，對方似乎手無縛雞之力，在系上又有著「病美人」的別稱，但秋冬語其實不是普通人類，她是神使公會的一分子。

只不過，楊百罌至今還不知道對方究竟是妖或混血，又或是其他，僅能確定對方不是神使而已。

聽見開門的聲音，秋冬語微微側過臉，向晚歸的室友輕點一下頭當作招呼，也沒有問對方這麼晚是去了哪裡，又重新將注意力轉回面前的事物上。

她正聽著廣播。

小巧的收音機內傳出女主持人溫柔的聲音，節奏緩慢的背景音樂相當符合這樣的夜晚。

「妳可以開大燈。」楊百罌不在意對方的沉默不語。縱使如今知曉彼此的身分——一爲狩妖士，一爲神使公會的成員——她們之間的相處模式還是沒有太大的改變。

雙方都不多話，看在其他人眼中，甚至會以爲這對室友對待彼此未免太冷淡了。

可是對楊百罌來說，這樣的距離剛剛好。

「聽廣播……大燈，沒氣氛。」秋冬語平淡地開口，嗓音優美，可是語氣沒有特別的起伏。

聽聞秋冬語這麼說，楊百罌放在燈源開關上的手指又收回。她拎著自己的包包，走到屬於她的書桌前。剛脫下鞋襪，一直起身子，就發現上一刻還蜷坐在椅子內的纖弱人影，這時竟是幾乎貼靠在自己身後，那雙烏黑的眸子正瞬也不瞬地凝視她不放。

饒是素來情緒內斂、總是冷漠著一張臉的楊百罌，也不禁被對方古怪的舉止嚇了一跳。假使不是自制力強，她反射性眞的會擺出攻擊姿勢。

「秋冬語，妳這是做什麼？」楊百罌蹙眉，往後退了一步，不喜他人靠自己太近。

「有……熟悉的味道。」秋冬語的眸子內看不見波瀾，宛如一對玻璃珠，「妳碰上了……誰嗎？」

「只是不值得一提的妖怪。」楊百罌說到一半，頓了一下，最後還是沒將自己遇上兩名怪異神使的事說出。她絕對不會承認自己和那個高個子的傢伙一樣，有些硬邦邦，還刺刺的。

開什麼玩笑，珊琳的觀察結論實在太荒謬了！

「是嗎?」得到答案的秋冬語似乎也沒有再追問的欲望,她輕巧地退回椅子上,這個行爲既俐落又快速,絲毫沒有多餘的動作。

要是這時候有人看見秋冬語的動作,一定難以將她和「病美人」這個稱號聯想在一起。

「妳的廣播轉小聲一點,我待會兒要睡了,別吵到我。」

楊百罌的句子聽起來稍嫌冷淡,可是認識她的人都知道,這名褐髮女孩已經有一些部分在改變了。換作往昔,她會更加苛刻、不留情地要求對方直接戴上耳機,別干擾他人的安寧。

秋冬語直起背脊,伸長手,正準備將收音機的音量轉小,慢悠悠的背景音樂忽然一變,成了輕快的調子,就連主持人也換成一名活潑的男性。

「歡迎收聽『另類的小小流行』!我是今夜的主持人,七分瘦,大家叫我阿瘦就可以了。在節目開始之前,阿瘦先向大家預告一下,今天收聽節目的聽眾朋友們有福了。晚點我們會開放CALL IN,只要能回答,就有機會獲得上一回節目所介紹的繃帶小熊,而且是稀有限定款喔!」

繃帶小熊?那不是……

「等等,不用轉小聲也沒關係。」楊百罌想也不想地出聲喊住。注意到自己的語氣有些急促,她面頰不明顯地一熱,「我的意思是,這節目似乎挺有趣的,我也想聽聽看。」

秋冬語沒有多說什麼,只是往旁挪動椅子。

一開始，楊百嚳還有絲愣怔，隨即反應過來，那名長髮女孩是空出位置，好讓自己也將椅子搬過去。

楊百嚳也學秋冬語一樣，將雙腳蜷在椅子上，靜靜地聆聽男主持人開朗的聲音，心中的思緒卻是飛到了另一個方向。

「接下來的三個小時，就由我阿瘦來負責陪伴大家了！那麼今天的『另類的小小流行』要介紹給大家知道的，就是連鎖信和天使蛋！相信有不少朋友都聽過什麼是連鎖信吧？說不定有的人還曾經收過呢。不過『天使蛋』這個名詞，大部分的人應該就有點陌生了。所謂的天使蛋啊……」

第二章

星期一的第一堂課，繁星大學的大多數學生們都是一副有氣無力的模樣，似乎他們將所有的幹勁都留在星期日了。

這一點，就連中文一的學生們也是如此。

尤其授課的教師還用慢吞吞的語調講解講義上的內容，更是差點令講台下的人睡成一片。

偏偏礙於這門課教師的當人手段格外凶殘，就算感到上下眼皮即將黏上，眾人還是拚命強打起精神。

當然，有些技巧好的人就會佯裝認眞聽課，實則打著瞌睡。更有人毫不客氣利用他低調的存在感，直接無視講台上的教師趴在桌上爆睡。

這點，不知令多少人感到羨慕嫉妒恨了。

而在這個班級裡，唯一能做得到這個境界的人，就只有坐在靠窗最後一排位子的男孩。

那名男孩戴著一頂帽子，從帽沿下露出的髮絲是搶眼的亮白色，一副黑框眼鏡就收疊在他的手臂旁。

比起「宮一刻」這個名字，系上同學更加印象深刻的是他的綽號，小白。

在中文一同學們的眼中，小白是個低調到不可思議的人——喜歡獨來獨往、不愛說話，正因爲不引人注目，所以存在感相當地低。

不過就在前陣子，這個行事低調的男孩卻無預警地將黑髮染成一頭白，那麼醒目的顏色倒是終於讓他的存在感稍微增加一些。

或許，這也就是爲什麼即使在課堂上他還要戴著帽子的原因，想必是爲了避免自己的白髮引起教師的注意吧。否則他就不能像以往一樣，正大光明地利用上課時間補眠。

然而多半的同學卻是認爲，就算他沒有戴帽子也無所謂，誰教他的前方和右方正坐著他的兩名室友。

其中前方是什麼都不做，莫名就容易引來教授、副教授、助理教授或是講師點名的柯維安。他有著一張可以矇騙年紀的娃娃臉，臉頰有些雀斑，一雙大眼睛靈活狡猾，像有著永遠轉不完的主意。

至於右方，則是存在感強烈得誇張的曲九江，即使用「壓倒性」來形容也不爲過。他的輪廓深刻，五官俊美，一頭微鬈的髮絲在頸後紮成了一束小馬尾。那出眾的容貌，不知吸引了校內多少女學生主動向他告白。

只是這事在開學一陣子後的現在，已經大幅減少了，原因就出在曲九江不近人情的冷漠態度，還有那苛刻的說話方式。這兩者綜合起來，足以讓一些告白的女孩子甚至只能哭著跑走。

因此系上也有人說，曲九江眞該和他們不留情面的高傲班代楊百罌結拜。這兩個人，一人是專門踩碎女性的心，一人是專門踩碎男性的心。

總之，在柯維安和曲九江組成的另類包圍網下，綽號「小白」的宮一刻，壓根就不用擔心自己會被人注意到。

「那裡簡直像圍了某種結界嘛……」教室中，有人小聲嘀咕說，「老師居然可以完全沒發現……這未免也太不科學了。」

這句話，不知道說出了多少中文一學生的心聲。

楊百罌就算專心聽課，也沒有漏聽這句嘀咕。這不僅僅因爲她的聽力較常人敏銳，更重要的是，她只有一半的心思放在老師的講課上，另一半全放在了一刻身上。

那名白髮男孩將臉埋進了手臂裡。

可是楊百罌知道，那人其實有著多麼凶狠銳利的一雙眼睛，只是平常都被隱藏於那副平光眼鏡的後方。然而，相對於那樣的眼神，他卻又有著一份出人意料的溫柔。即使那份溫柔是笨拙的、不易被人發現的，但一旦感受到了，就會被暖意包圍，深深陷在其中而難以自拔。

如果不是曾一塊經歷過「山神事件」，楊百罌不會知道對方眞正的一面，也不會徹底明白自己的錯誤。對此，她不禁心生感激。

即使現在，她還是有些嫉妒自己的孿生弟弟能夠成爲一刻的神使，不過那份嫉妒已經不同以往了——她也想成為神使，但不再是為了家族的聲望，而是為了自己。她想要和宮一刻站在同樣的位置並肩戰鬥。

忽然間，一隻手無預警地拍上楊百罌的肩頭，這讓沉浸在自己思緒以及窺覷著一刻的她，頓時結結實實地嚇了一跳。她雙肩一震，狩妖士生涯訓練出來的反射神經讓她差點就要抓起課本，像是揮動符紙摺扇般俐落地朝後揮劃出一道鋒利的弧度。

是的，差點。

在楊百罌即將動作之前，拍上她肩頭的手掌主人先發出了聲音。

「嘿，百罌。」

那是楊百罌認識的聲音，她繃緊的身體線條立時放鬆。握住了手指，她轉過頭，像什麼事也不曾發生般地直視那呼喊她的人。

對方是即使在異性中，身高也相當突出的女孩子。

與艷麗高傲的楊百罌相反，女孩的臉孔十分地男孩子氣，削得短短的頭髮和曬得偏黑的小麥色皮膚，更是襯脫出她的那一份帥氣。雖然才一年級，卻已經是系上女籃的主力選手。

只是和她偏男性化的帥氣外表相比，她有著一個柔美的名字，曉湘，白曉湘。

看見是坐在後方的同學找自己攀談，楊百罌微蹙下眉，原本想警告對方上課時間禁止無謂的閒聊，可是她很快又注意到，講台上不知何時沒了教師的身影，其他同學也像是切換開關，從昏昏欲睡立刻變得生龍活虎。

在楊百罌沒有察覺到的時候，原來已經是下課時間了。

「小百罌，妳有聽到我說話嗎？」不像系上多數女孩子對楊百罌都抱持著保持距離的態度，個性被公認為大剌剌的白曉湘，毫不在意前方的褐髮女孩看起來面無表情，目光又冷冷淡淡的，她再次拍拍對方的肩，笑嘻嘻地說道：「我啊，剛剛看到了喔。」

「妳看到什麼與我無關。白曉湘，我只希望妳能好好唸對我的名字。」楊百罌不討厭這個同班同學。她們平常沒什麼交集，但若對方真有事找她的話，也不會像其他人彷彿在忌憚著什麼，不過這不表示她願意讓人在自己的名字前加上「小」。

「啊哈哈哈，別那麼在意嘛，小百罌聽起來很可愛啊。」白曉湘爽朗地說，渾然無視面前的褐髮女孩更嚴厲地盯著自己。她往前再傾靠身子，壓低聲音，自顧自地說話，「哪哪，我剛上課時發現到了喔。小百罌，妳似乎一直在注意著一個方向。」

「那只是妳的錯覺。在妳正確地喊對我的名字之前，我不認為我們有什麼好說的。」楊百罌說著站了起來，表面還是一貫的冷傲。可只有她自己明白，在聽見白曉湘那番話的瞬間，她的心臟是漏跳了一拍。

被發現了嗎？不，不可能……

「等一下，小……好啦好啦，我會只叫百罌的，所以妳先等等。」白曉湘連忙認輸，以免楊百醫眞的說走就走。她舉起雙手，做出投降狀，小麥色的臉蛋皺了起來，「妳眞的有點難搞耶，連這樣的小事也會計較……啊，抱歉，我不是要惹妳生氣，我只是有時候會不小心口快心直。總之，好歹聽我說完嘛。」

楊百醫不是第一次被人說個性不好相處，以前她是裝作無動於衷，將一切心情都壓抑在心裡。可是現在，她是眞的只覺得一片平靜。

因爲有個人曾對她說：

「妳已經做得夠好了，我說眞的。我想不通妳爲什麼還要覺得自己不夠好？那些會在背後說妳閒話的，根本就沒看見妳的努力。」

這句話，對她來說就是最大的救贖。

「妳要說什麼？」楊百醫停步，回頭淡淡地問。

白曉湘像是沒想到楊百醫眞的會留下來，還主動接下話題，她都已經做好對方轉頭就走的心理準備了。

「百醫，妳好像和以前有點不太一樣……是我的錯覺嗎？呃，我不是說有哪裡不好，我說眞的。」怕對方誤解自己的意思，白曉湘趕緊強調。而她無論如何也沒有想到，她一說完最後一句，系上赫赫有名的「披著火山外皮的冰山美人」，居然是流洩出不易察覺的微笑。

那雖然很淺，但的確是抹貨眞價實的笑容。

白曉湘眨眨眼，幾乎以爲自己眼花看錯了，但是那抹笑意還在，沒有消失。眞是不可思議……白曉湘睜大雙眼，同時更加確定自己的那份猜測是正確的。

「欸，我說百罌。」白曉湘就像是受到傳染，不禁也露出大大的笑容。她伸手勾住楊百罌的肩頭，利用身高優勢，低頭在對方耳邊小聲地咬起耳朵。

殊不知這幕引起了不少人的注意。

先不論楊百罌這人有多麼顯目，白曉湘個子高又帥氣，兩人的組合要系上同學不多看幾眼都很難。

「哇啊！這樣看就像一對俊男美女……」甚至有女同學紅著臉，喃喃地說。

還有人拿起手機，趁機多拍幾張照片。

白曉湘就像沒感覺到受到眾人的矚目，她小小聲地問著楊百罌：「妳是不是有喜歡的人了？百罌，我發現妳上課一直在偷看他。」

楊百罌得用上極大的克制力，才沒讓自己的臉上洩露出端倪，她沒想到自己的祕密會被其他同學發現。

「喜……不對，我、我才沒有喜歡。我怎麼可能會喜歡小……」但是楊百罌的語調還是暴露出了她眞正的心情，她看起來就像在手足無措地辯駁，只不過她沒想到下一秒會聽見這麼一句話——

「哈哈，別害羞了，妳會喜歡曲九江也很正常，他可是我們系上的系草。不，我猜就算封他『校草』也不為過。」

白曉湘賊笑地說，這次是眞的沒發覺到被她搭著肩的人，身子是越繃越緊。「妳那麼漂亮，其他女生一定拚不過妳的，我支持妳去告白！只是你們倆在一起的話，不知會碎了多少人的心……絕對會造成大轟動的啊！」

楊百罌無法再繼續聽白曉湘在說什麼了，她臉上的表情凍住，美眸裡的光芒越來越冷冽。她跟曲九江？她跟那個只會皮笑肉不笑、態度高傲又目中無人，還是她雙胞胎弟弟的傢伙？這是開什麼玩笑啊，光想像就讓人覺得火大透了！

「我對曲九江沒興趣，就算所有男性都消失了，我也對他沒有一釐米的興趣。」楊百罌用著可以說是從唇間迸出的森冷語氣說道，「這種無聊的臆測只會使人不愉快，白曉湘，妳想太多了。」

語畢，楊百罌冷著一張艷麗的臉蛋，將放在肩上的那隻手撥開。

哎？猜錯了嗎？白曉湘不由得一頭霧水，忍不住轉頭看看曲九江的方向。

那名褐髮青年還坐在座位上，俊美的側臉足以令人想要多看幾眼。

白曉湘將目光再往前移。

同樣頂著一頭鬈髮，只是看起來比較像鳥巢的柯維安，正心無旁騖地盯著筆電，好像在看什麼影片。

那名娃娃臉男孩確實容易激起女孩子的母性……可是白曉湘怎麼想就是不認為楊百罌上課偷看的人會是他。

所以想來想去，果然還是只有曲九江了！沒錯，畢竟那方向可沒其他人可以看了！

最後白曉湘將楊百罌的反應歸結為逞強、愛面子，於是她笑咪咪地又黏了上去。

「好、好，不管妳喜歡誰，其實我只是想送妳一個東西。楊百罌同學，這可是能讓人幸運，愛情也可以順利的神奇小東西喔！」白曉湘從牛仔褲的一邊口袋內，掏出一個體積小巧的物品。

那是一個鑰匙圈，上頭吊掛著一枚白色的蛋形吊飾。那顆蛋的表面就像俄羅斯娃娃一樣，有著臉孔和衣飾，只是五官是由簡單的線條組合成可愛的表情，背面還黏著一對用白色軟布剪製而成的小翅膀。

一看到那造型獨特的吊飾，楊百罌瞬間就想起來了。那些特徵都符合她昨夜在廣播節目聽見的……

「天使蛋!?哇啊！曉湘，妳這個是天使蛋對吧？」

在楊百罌還沒思索出那吊飾的名稱前，霍然有人搶先一步喊了出來。

這聲叫喊，登時讓好幾個人也跟著興奮地靠近，雙眼放光地緊盯著天使蛋不放。

由此看來，這些女孩子們都知道這是什麼；當然，也還是有人一頭霧水。

「什麼天使蛋？妳們在說什麼？那很有名嗎？」

「咦咦？妳不知道嗎？不過也難怪啦，這是最近開始流行起來的，有些人應該聽都沒聽過吧。」

「昨天的廣播節目也有介紹它耶，就是那個『另類的小小流行』。我也去訂了，現在正等東西寄來。沒想到曉湘妳已經先買到了啊……眞好，我也想趕快拿到它。」

「我想訂的那款沒貨了。可惡，別校的朋友昨天還故意跟我炫耀！」

「所以說，它到底是什麼啦！」

一群女孩子妳一言、我一語地說，連在附近本來準備離開教室的男同學也不禁好奇地被吸引過來，想知道是什麼話題讓人這麼興奮。

眼見場面有些小混亂，白曉湘咳了咳，拿出運動選手的魄力一喝，「好了，想知道的人就安靜。」

那些本來還在七嘴八舌討論的人馬上安靜下來，一雙雙眼睛全盯著白曉湘。

「我手上的這個小玩意，就叫天使蛋沒錯。」白曉湘得意地晃晃指間的那個蛋形吊飾，很滿意大家的注意力都移到她身上，「至於爲什麼會叫天使蛋？我猜，是因爲它長得像蛋又有翅膀的關係吧，反正它是我上禮拜網購買來的。這陣子，臉書上不是還滿常出現連鎖信之類的東西嗎？」

「曉湘，妳是說那個吧？那種莫名其妙轉寄給你，聲稱一旦看了卻不轉寄給多少人的話，就會獲得不幸的信吧？」

「還有的是說轉寄給多少個人就會得到幸運吧？不過不管是哪一種，我看到那類的信都會直接刪掉耶。笨蛋才相信那種無聊的惡作劇，哪可能因爲寄或不寄，就會幸或不幸的嘛。」

「可是……」突然又有人遲疑地說，「天使蛋不就是最先在連鎖信中出現，然後才逐漸被更多人知道的嗎？」

「咦——？」

「等一下，到底是什麼情況？天使蛋爲什麼會和連鎖信扯上關係？感覺很複雜耶。」

「嘿，眞是夠了，所以我不是叫你們聽我說嗎？」白曉湘無奈地翻個白眼，一屁股坐進正好在身後的椅子，揮揮手，開始講解起來。

原來在近日的臉書訊息上，有時會收到一封連鎖信，只是這封連鎖信有些不太一樣，信裡的內容是：

只要在心裡默唸「天使蛋、天使蛋，拜託你實現我的願望」，再將信轉寄給二十位臉書朋友，以及夾附在信裡的那一個信箱，就可以獲得幸福。

通常連鎖信都會被人看也不看就刪除，然而這封主題標明「天使蛋會實現你的願望」的信，倒是眞的引起了一些人的興趣。

開始有人將信按照規定轉寄出去，過不久竟收到了一封回信，顯然那個夾附在信裡的信箱，被設定了自動回覆功能。

回信裡只附上一個網站連結。

謹愼的人通常不敢隨意亂點開，就怕電腦中毒；好奇心重的人，則是說什麼都要探究到底。

一旦點開了那條連結，就會發現自己原來進入到一個私人的商城網站，上頭販售的全是各式造型的天使蛋。還特別註明，這些天使蛋放在身邊久了，就會有靈性。如果還在看得見月亮的午夜十二點，對著自己的天使蛋默唸「天使蛋、天使蛋，拜託你實現我的願望」，就有可能看見自己的守護天使。

姑且不論是眞是假，這種另類又獨創的宣傳手法，確實成功引起了更多人的關注。加上天使蛋的外形設計可愛，還標榜著會有專屬的守護天使，這些特色特別討女孩子歡心，因此這幾天進入商城，都會發現不少款式已被標上了「缺貨中」。

「我想買的都沒貨了，眞希望那個賣家趕快補貨上架。」一名女孩子哀聲嘆氣，隨即引來身邊人的附和。

「沒錯沒錯，畢竟要養守護天使的話，還是想買自己喜歡的類型嘛。」

「嘿嘿，讓妳們羨慕嫉妒恨吧，我可是早早就下手了！」白曉湘咧開帥氣十足的笑，「而且是兩個呢。昨天『另類的小小流行』也介紹了天使蛋，這可比什麼繃帶小熊來得可愛多了。我猜這幾天又會引發一波熱潮吧，想買的人記得多注意一下那個商城喔。」

「什麼？那不是要勤快地盯梢了嗎？我把連結加在房間裡的那台桌電耶！」

「我也想要那個網站的連結，回去後趕快發給我。」

「我也要、我也要！那我們趕緊去吃飯，免得時間不夠。」

獲得最新消息的一群女孩子連忙抓起自己的包包往外衝，想利用空檔早點下手，以免錯失機會。

「那幾個人也太激動了吧？」

「不過是顆蛋，還不能吃……」

一起聽完的男同學則是露出匪夷所思的表情，像是難以理解女孩子的心情。

「呆子，要是天使蛋的外形換成鋼彈，你們買不買？」白曉湘挑高一邊眉毛，不意外馬上就獲得熱烈的回應。

「買！」

「那可是男人的浪漫啊！」

「所以囉，我們女孩子的心情就是這樣。好了，去去，別吵我和百罌說話。」白曉湘像趕蒼蠅似地揮揮手，頓時又引來了幾聲抗議。

「什麼女孩子？白曉湘妳根本就生錯性別了，妳這個男人婆！」

「竟然比我還高，我的自尊心啊……」

「那是因爲你們太矮了。」

白曉湘不客氣地反擊回去，隨後將自己的天使蛋強塞入楊百罌手中，「百罌，妳就收下吧，這一定能讓妳的愛情順順利利。就算曲九江再怎麼難搞，應該也沒問題的……該怎麼說，大概是產生共鳴的關係？」

「共鳴？」楊百罌不明白。

「就是……」白曉湘撓著削得短短的頭髮，看起來英氣俊俏的臉掠閃過一抹認眞，「那種喜歡人的心情。如果有了喜歡的人，就會想爲了他做任何事，不管什麼事都好……所以，我也希望妳順利。」

「……謝謝妳的心意，但我沒有喜歡的人，所以妳還是自己留著。」楊百罌最後還是沒有收下天使蛋。她嘴上說沒有喜歡的人，實際上是她並不想借助任何外力。

白曉湘像是沒想到楊百罌會拒絕，她愣了愣，張張嘴，彷彿一時間不知道該說什麼。就在下個瞬間，換她背後忽地被拍了一記。

那無預警的一拍，當下讓這名高挑的女孩嚇得倒抽一口氣。

「哇啊！」

第三章

「抱歉、抱歉……我沒有故意要嚇妳的意思。」沒想到會引來這麼大的反應，罪魁禍首的那人連忙出聲道歉。

他是個比白曉湘還要高大的青年，體格健壯，膚色一看就知道常接受烈日的曝曬。短短的頭髮抓出了清爽的造型，陽光英俊的臉孔更是讓他成爲易受女孩子歡迎的類型。和白曉湘站在一起，吸睛度頓時大大提升。

「靠！齊翔宇，你是眞的想嚇死我才甘心嗎？」白曉湘一見對方是熟識的人，立刻橫眉豎眼，轉身不客氣地就給對方一拳。

像是要博得諒解，齊翔宇不閃也不躲，還故作誇張地哀叫連連，頓時逗得白曉湘失聲笑出。

楊百罌知道齊翔宇是誰，但和對方並不認識。

他是經濟系一年級的學生，時常會跑進中文系的教室找白曉湘幫忙，一開口往往就是「曉湘幫我……」、「曉湘妳有沒有空……」，以至於系上其他同學一看到他又出現，就會忍不住打趣說他今天又要找白曉湘幫什麼了。

對此，白曉湘的反應向來是無奈地一攤雙手，聳聳肩說：「我們就是孽緣，我拿他沒辦法啊。」由此可以看出，兩人顯然是感情很好的朋友。

「受不了……齊翔宇，你別鬧了，我才沒有打得你內傷。」白曉湘朝面前的青年笑罵一句，接著對楊百罌說。

「百罌，我跟妳介紹一下。這個欠打、看起來很會騙女孩子的混蛋叫作齊翔宇，他是經濟系的，也是他們系男籃的選手。我們女籃還滿常和他們一起練習，所以自然而然就混熟了。哈哈，其實不止是這樣啦。翔宇國中時和我是同學，沒想到大學還會碰到，他老是喜歡有事就找我幫忙，眞是孽緣。喂，齊翔宇，認眞聽好了，這位超級大正妹可是……」

「我知道，楊百罌同學嘛。我們系上的男生也都很哈妳，可惜沒人有勇氣。」齊翔宇咧出一口白牙，笑容開朗閃亮，像能眩花別人的眼，「百聞不如一見，妳眞的是位超正的妹呢！要不是妳不是我的菜，我一定會馬上追求……嗚！」

齊翔宇倏地抱肚一陣悶哼，因爲有人不客氣地給他肚子一拳。

「你都別想追，我會保護好我們系上的女生。你這個花心大蘿蔔，根本是眼睛見一個，嘴巴就說想追一個。別以爲我會忘記，你之前還曾說過要追駱依瑾、程湘婷，還有秋冬語。」白曉湘示威地朝他晃了晃握緊的拳頭，「現在還想連我們班代都染指嗎？」

「說染指就太過分了啊……」齊翔宇一邊摀著肚子一邊喊冤，「我剛不是說了楊百罌不是我的菜了嗎？我比較喜歡活潑外向或是小鳥依人又安靜的那種。而且……」

「誰管你那麼多而且，」白曉湘沒好氣地截斷齊翔宇的話，像是沒耐心了，「所以你找我到底是想幹嘛？不快點說就再送你一拳，不要小看女子籃球隊的拳頭。」

「太過分了，曉湘……我們不是換帖兄弟嗎？妳明明什麼事都肯幫我，幹嘛還對我這麼凶狠……」齊翔宇的俊臉皺成一團，哀怨地將下巴抵到白曉湘的肩膀上，「唉唉，妳對楊百嚳同學就這麼溫柔，還送她天使蛋……爲什麼就不能安慰一下失戀、剛被甩的我呢？」

「失……！」白曉湘就像受到驚嚇，整個身子猛烈地震動了一下。她瞠大眼，飛快揮開齊翔宇的頭，改用兩隻手揪住他的領子，「誰？你對誰伸出魔掌了？等一下，爲什麼我完全不知道你在跟人交往的事！你喜歡上誰了！」

「嘿，冷靜點！曉湘，別把我說得像摧花狂魔一樣。在妳心裡，我是那樣的人嗎？妳不知道是很正常的，因爲我沒和對方交往，我告白完就被當場拒絕……這感覺還眞的是……我還是頭一次不被女孩子接受呢。」齊翔宇舉起雙手，露出苦笑，眼內似乎還染著一絲惆悵和鬱悶。

見狀，白曉湘鬆開了手，像是不知道該怎麼安慰這位對她來說其實相當重要的朋友。她沉默半晌，最後蹦出幾個字，「所以……是誰？」

「哈哈，還能有誰？」齊翔宇做出一個誇張的手勢，「你們系上最漂亮的除了楊百嚳外，就是秋冬語了吧？沒想到那位病美人看似弱不禁風，拒絕人卻是毫不留情。」

齊翔宇這話一出，頓時在學生人數不多的教室內引起了軒然大波。

那些還沒離開的中文系學生們，一個個不是睜大眼就是張大嘴，目瞪口呆地望著口出驚人之語的齊翔宇。

秋冬語的確是他們系上公認的病美人，只是她三天兩頭就請假，出席率也是公認地低。加上她似乎不愛與人說話，身邊有種神祕的氛圍，因此即使她是系上僅次於楊百罌的漂亮女孩，中文系的男學生們也鮮少想到要追求她。

此刻一聽到對方說出的話，就算是楊百罌，眼中也不禁閃過一絲吃驚。

在場眾人中，或許只有三個人全然無動於衷。

一人是趴在桌上爆睡的一刻；一人是正看著書的曲九江；最後一人，是戴著耳機、專心盯緊筆電螢幕的柯維安。

先不論其實沒聽見這些對話的一刻和柯維安，曲九江的態度擺明就是毫無興趣，連看也不想看這方向一眼。

「秋……」白曉湘像是也沒想到對方告白的對象會是自己系上的同學，更沒想到原來齊翔宇並不是嘴巴上說說，而是真的採取行動了，忍不住結結巴巴地開口，「你、你說你向秋冬語……」

「是……我是秋冬語。」

白曉湘無意識拔得有些尖銳的音調，冷不防被一道淡然、缺少情緒起伏的優美女聲打斷。乍聽這聲音，就連齊翔宇也是呆愣一下。

出現在教室門口的娉婷人影不是別人，正是他們話題中的主角——皮膚呈現不健康的蒼白、五官精緻秀氣的長髮女孩子，秋冬語。

猛一見到話題主角登場，幾名學生不禁有種像是被抓到在背後議論他人的尷尬，急急忙忙抓了包包就跑出教室。

但是，仍然有一、兩人的八卦心戰勝了一切，腳黏在門前，就是想知道接下來會有怎樣的發展。

被拒絕的男主角、男主角的青梅竹馬，以及拒絕人的女主角，三個人湊在一起，感覺就是充滿著狗血八點檔的味道啊！

不知他人心思如何，乍見秋冬語的出現，白曉湘就像是想替自己的好友問出個所以然，立即一個箭步邁向前。

「秋冬語，妳拒絕了翔宇？爲什麼要拒絕他？雖然他這人是輕浮了點，可是妳又憑什麼拒絕他？妳爲什麼要無視他的心情？」

「無法……理解。」秋冬語面無表情地回視比她高大的短髮女孩，語氣輕飄飄的。

「什麼叫無法理解？我說的話妳是有哪一句聽不懂嗎？」白曉湘被這副無所謂的態度激得

有些氣惱，聲音也稍微加大，「妳到底是……」

楊百罌眉一蹙，正想出聲阻止這對她來說有如鬧劇般的一幕，齊翔宇已經快一步地插話。

「嘿！妳們兩個都冷靜一點，別為了我吵架。曉湘，人家冬語不喜歡我也沒關係。」齊翔宇像是要緩和雙方間的氣氛，露出一抹爽朗的笑容，一手搭在秋冬語的肩膀上，「冬語也是。雖然妳拒絕了我，不過我們還是能當好朋友對吧？妳待會要去哪裡嗎？我可以騎車送妳，千萬別對朋友客氣。」

語畢，他還朝秋冬語親暱地眨了下眼，以表示自己不會因為遭拒絕就心有芥蒂。

「喂喂喂，齊翔宇，你未免也太見色忘友了吧？」白曉湘聞言馬上將矛頭一轉，「從來就沒見你答應載我。」

「那不一樣，我的愛車後座只限美女。」齊翔宇哈哈笑著，「男的不行坐，男人婆當然也不行了。誰教曉湘妳太沒女人味了啦，對我來說就是個兄弟。」

白曉湘惱怒，像是要再給自己的好友一拳。只不過在她動手之前，秋冬語已經直接將搭在她肩上的那隻手揮開。

「否定。無法理解，指的是……無法理解齊翔宇告白的心情，也無法理解白曉湘說的『憑什麼』。這些說法……對我而言，皆是謬論。」吐出依舊不帶抑揚頓挫的聲音，秋冬語無視愣住的齊翔宇和白曉湘，自顧自地走向柯維安。

「怪人……搞什麼鬼啊……」白曉湘再也忍不住，喃喃說道。

而頂著一頭鳥巢鬈髮的娃娃臉男孩，彷彿沒發覺他人的靠近，依然沉浸在自己的世界裡，雙眼瞬也不瞬地望著筆電不放，不時還會露出呵呵傻笑。

「小柯。」秋冬語在柯維安身邊站定。

曲九江也看見那抹身影了，不過下一秒視線又收回去，宛如對秋冬語的存在一點也不在意。

即使如此，秋冬語還是輕點一下頭，當作對他的招呼，接著又繼續呼喊柯維安。

但是戴著耳機、只顧看著筆電上正播放的動畫的柯維安，還是沒聽見對方的聲音。

「小柯。」當這兩個字再次吐出，秋冬語倏然拔下柯維安的耳機，兩手捧住他的臉，硬是讓彼此的視線對上。

「哇啊啊啊！」

發出驚叫的人不止柯維安，還有留在門口的那兩名學生。只不過，他們的吶喊是在心中，沒有眞的喊出來。

天啊！秋冬語和柯維安之間……難道有著什麼不一樣的關係嗎？這樣到底是幾角戀啊！

「什……小語，妳差點嚇死我了……」柯維安瞪大本來就大的眼，心有餘悸地拍拍胸口。

然而他話剛說完，一隻大手霍然抓住他的頭，一道陰惻惻的嗓音隨之響起。

「柯、維、安。」那簡直像來自地獄的森寒聲音，「你他媽的才是想嚇死誰？你沒事雞貓子鬼叫個屁！」

「嗚啊！小白，形象、形象。」柯維安艱困地一扭頭，對著映入眼中的那名戴帽子男孩急忙用氣聲提醒，「你不是要在班上維持低調的形象嗎？」

柯維安會這樣說，純粹是因為一刻的表情太猙獰和眼神太凶狠，這可是和中文一學生們所知道的完全不同。

一刻咕噥一聲，將原本還想衝出口的髒話都吞了下去，戴上掩飾用的平光眼鏡，極力收起他的凶惡氣勢。緊接著，他和柯維安都注意到教室內原來還有其他人在。

「林盛佑、方紹倫，你們不是下一堂還有課嗎？幹嘛還杵在這裡？」柯維安狐疑地盯著門口處的兩名男同學。

被點到名的兩人互望一眼，隨後爆出慘叫。

「幹！我忘了！」

「我也忘了！」

「為什麼柯維安你這小子記得比我們還清楚啊！」

「別廢話了，快衝啊！反正我們八卦也看夠了！」

兩名男學生再也不敢多逗留一秒，慌慌張張地就衝往走廊。

八卦……？

「什麼八卦？」柯維安一臉茫然地看向一刻。

「你以為我會知道嗎？臉別靠那麼近，煩死了。」一刻不耐煩地將那張老是無視個人空間的臉一掌推回去，他注意到除了他和柯維安外，教室內還有曲九江、秋冬語、楊百罌，以及……他瞇起眼，「那兩個是誰？」

「別系的人和我們系上的學生。」曲九江終於闔上他在看的書，嘲諷地微勾唇角，「小白，你腦袋沒帶出來嗎？」

「靠杯！你全家才沒帶腦……」猛然憶起在場的楊百罌不巧就是曲九江的家人，一刻硬生生吞下咒罵，轉而嘀咕道：「媽的，老子臉盲症不行嗎？況且你有說跟沒說一樣，那你還不如放個屁算了。」

「他們是……系上的白曉湘，以及經濟一的齊翔宇。齊翔宇昨天向我告白……被拒絕。」秋冬語語氣平淡地向一刻介紹，頓時讓齊翔宇大感困窘，臉上不禁微紅。

「好了，翔宇，我們也去吃飯吧。再不去，餐廳那邊都要收起來了。」白曉湘像是想要轉移話題，雙手推著齊翔宇的背往前走。臨走前，還不忘回頭對著楊百罌說，「百罌，我說眞的。要是妳之後想買天使蛋的話，直接跟我拿吧，妳也可以不用多花錢。反正我有兩個……其實是用特別管道獲得的，所以不用和其他人一樣苦等補貨，不過這個就請妳保密了。」

天使蛋？那是什麼鬼東西？對於這全然陌生的名詞，一刻忍不住皺起眉。

可是誰也沒想到，當白曉湘和齊翔宇離開教室不久後，一道不屬於任何人的低低聲音忽地響了起來，飄蕩在空曠的教室內。

天使蛋、天使蛋，拜託你實現我的願望……

啊啊，你會實現我的願望吧……

那像是呢喃，又像是祈禱，聽不出是男是女的聲音。

一刻愣住，那聲音的出現和消失都如此突兀，宛若幻覺。

但是從柯維安等人和他類似的反應來看，就知道那不是幻覺。

如果眞的是，那他們就是集體幻覺了，不管怎麼想也太扯了吧？

「那是什麼……」柯維安先是喃喃地說，隨即激動地跳起來，「那是什麼？你們有聽到嗎？小白白白白，你聽到了對吧？喔喔！我聞到案件的味道了！」

「白你老木，還有案你去死。」一刻用著冷酷無比的眼神瞪著那雙想撲抱上來的手臂，大有「敢過來找死就給恁杯試試看」的意味。

柯維安必須說，自從不在他們眼前壓抑眞正的性情後，他家小白眼神的殺傷力就眞的是不同凡響。他都要感覺似乎手再多伸出去一寸，就會被猛獸咬掉。

在那記魄力十足的瞪視下，柯維安自動縮回手，哀怨地瞅著他親愛的室友。

「太過分了啦，小白……好歹讓人家求個安慰嘛，嚶嚶嚶……不過就算這樣，你也是我的天使！」

「天你妹，聽不懂你在說什麼鬼。」一刻冷冷地說，不再多理會柯維安，目光移向其他人，「你們也聽到了？」

「天使蛋、天使蛋，拜託你實現我的願望……假使你指的是這個。在問人之前，我相信敘述得具體些只是種基本工夫。」話一出口，楊百罌就巴不得咬掉自己的舌頭。她覺得自己的聲音聽起來太高傲又太冷漠，更糟的是，簡直像在諷刺人。

該死，自己又不是曲九江，為什麼就不能好好地說話？自己明明沒有那種意思的！

楊百罌的臉蛋看起來如往常般冰冷美麗，然而眼中卻是掠過一瞬的懊悔。

這話自然引得一刻大皺眉頭，可他似乎也習慣對方說話帶刺了，並沒有針對此點再多說什麼。

「但是，這裡可沒有感受到妖氣。」曲九江漫不經心地說，眼底似乎閃過銀星般的光芒。

他雖然和楊百罌是姊弟，但他繼承了妖怪的血統。他不是人類，他是半妖，妖與人的混合，對妖氣的存在向來格外敏銳。

「要是你沒發覺到這一點，小白，那麼我就會說我的神眞是愚蠢得可以了。」

這就是一刻爲何會習慣楊百罌說話帶刺的原因——因爲他身邊有個根本是將「諷刺」和「刻薄」當成必須隨身物的混蛋神使！

一刻捏緊拳頭，在他想送自己的神使一拳之前，他放在包包裡的手機先響了起來。

輕快活潑的小女孩聲音正喊著：「簡訊、簡訊！葛格，快看簡訊啦，你這個懶惰鬼！」

一刻瞬間鐵青了臉，他可不記得自己手機簡訊的提示音是長這德性。

「柯維安！我操你的！」沒有任何猶豫，他猛地一把揪扯住最有可能是罪魁禍首傢伙的領子，陰寒的聲音殺氣騰騰地迸出了齒縫間，「這他X的是你動的手腳對吧！」

「……欸嘿。」柯維安裝無辜地露出一個眨眼吐舌的表情。

一刻的理智線宣告罷工，臉上拉出一抹大大的獰笑。

柯維安這時感到事情不妙已經來不及了。

「等等，小白！我是好意，我只是想讓你體會蘿莉的美好之處，她們和可愛的小正太都是天使，都是洗滌我們這些骯髒大人的心的小天……唔啊啊我知道我錯了！所以小白拜託你千萬別打我的臉啊——」

保持著淡然表情，將柯維安的哀號慘叫當成背景音，秋冬語平靜地說：「我也沒有……感覺到妖氣。我有事必須先走了，幫我跟小柯說一聲……我本來想告訴他的，但他現在在忙。今天我不能陪他一起吃飯了；另外……今天也是《寶貝甜心戰隊》單行本第一集的發行日。」

「我知道了，我會轉達。」楊百罌點點頭，不認爲秋冬語那話是說給曲九江聽的——她瞭解她的雙胞胎弟弟。就算聽見了，也不會主動轉達，他覺得那與自己無關，而且太麻煩。

「那就……麻煩妳了。」一樣輕飄飄的語調甫一落下，秋冬語那纖弱的身形也在剎那間消逝無蹤。

倘若這幕落在他人眼裡，一定會大呼不可思議。誰能想像得到，在系上有著「病美人」之稱的秋冬語，身手竟如此驚人？

一刻的大部分心思都放在痛毆柯維安這件事上，不過還是有少部分留意著四周動靜。

一發現秋冬語走了，一刻也收住自己本來想再揮出的拳頭，他一把鬆開了柯維安的衣領。

「你好狠的心……小白，人家明明都是你的人了……」柯維安摀著一隻眼睛，淚汪汪地控訴著，「你差點要把人家打成熊貓了……」

「要再湊一個，滿足你的願望嗎？」一刻露出一口森森白牙，表明自己很樂意。

柯維安連忙大力搖頭，他在神使公會中還想留點面子。

「柯維安，秋冬語要我轉告，她今天不能陪你吃飯。另外，今天還是《寶貝甜心戰隊》單行本第一集的發行日。」面對柯維安，楊百罌就是那副不曾改變過的高傲態度。

柯維安倒是一點也不在意，他覺得這樣很適合他們有如高嶺之花的班代。而且更重要的是，他聽見了最後一句。

立刻只見這名娃娃臉男孩震驚萬分地猛拍上自己的額頭，大聲吶喊道：「天啊、天啊……我居然忘記了我的《寶貝甜心戰隊》！」

「《寶貝甜心戰隊》？那是什……不，我忽然不想知道，拜託你他媽的不用告訴我了。」一刻飛快地改變話題，堅決表達自己的立場，他可沒忘記柯維安的眞正喜好是什麼。

那小子表面上宣稱自己熱愛都市傳說和不可思議的事件，但實際上——

「那是由五個活潑可愛天眞無邪的小學生組成戰隊、保護城市的漫畫，五位甜心都超萌的啦！小白，我回來後再借你漫畫，順便把高清版的動畫也傳給你。呼呼，那可是連小褲褲的圖案都可以看得一清二楚的唷。」柯維安飛快將筆電和其他東西都掃進他的大背包，再拎起來，一溜煙地直奔至門口，還不忘回頭朝一刻眨眨眼，「不用感謝我了，我說眞的！」

——實際上，他熱愛的是正太與蘿莉，在一刻眼中，對方活生生就是個戀童癖！

對於柯維安最後拋出的一記飛吻，一刻面無表情，只是回以了一記簡單易懂的中指。

「小白，既然都中午了，你沒事的話……」楊百罌故作鎭靜，含糊地提出中午要不要一起吃飯的邀約，然而沒想到話還沒說出來，反倒是一刻先開口了。

「你們兩個中午都沒事吧？那就先和我一起去餐廳吃飯吧。」一刻揹起自己的包包，挑眉望著面前兩人。

楊百罌先是驚喜，可緊接著就發現一刻說的是「你們兩個」。

「他？」楊百罌單手扠腰，美眸冷冷地直視自己的雙胞胎弟弟。

「她？」曲九江雙手抱胸，還留著銀星光芒的眼瞳睨視著自己的雙胞胎姊姊。

一刻的眉毛挑得更高了，心中則是同時感到有絲好笑。

不管楊百罌和曲九江的外表有多麼不相像，可此刻面對面的這兩人，表情和氣勢卻是如出一轍。

在一刻看來，他們兩個就像是在照著鏡子似地。

「沒錯，就是你們兩個。」一刻不客氣地打破了這對姊弟無來由的對峙，掏出自己的手機，對著他們展示螢幕上的訊息。

「安萬里學長傳簡訊來，要不可思議社的人吃完午飯就到社辦去，他要向我們介紹社團的新顧問。」

第四章

不可思議社的社長是安萬里，他同時也是文學研究同好會的社長。

但嚴格說起來，不可思議社其實是柯維安創立的。

早從柯維安入學後，他就不斷地遊說自己的室友加入，一起奪取文同會的社團辦公室——直到最近，他的野心才終於實現。

但是，柯維安並不是眞的奪取了文同會的社辦，而是兩個社團一塊共用。畢竟兩者的社員幾乎重疊，只有楊百罌是後來新加入的。

一開始，一刻對柯維安想創的這個社一點興趣也沒有。不過在得知對方創社的眞正理由，是爲了能更多方面地收集到有關妖怪的情報——有些怪奇事件總會涉及到非人類的範圍——一刻最後還是接下了副社長的職位。

他也是神使，消滅作惡的妖怪是他的職責，況且……他也想知道「那位大人」的消息。

在異變的瘴的口中，被它們稱爲「唯一」的那個人。

「唯一」是什麼？指的是誰？爲什麼能讓六尾妖狐胡十炎和活了七百多年的安萬里一聽都臉色大變？

更重要的是……瘴爲什麼會發生異變！

在一刻以及其他神使的認知中，瘴這種專門吞噬人心欲望的妖怪，要入侵到人類或妖怪或是神明體內，必須等到對方的欲望具現成欲線，從心口鑽出來。欲望越強，欲線也就越長，一旦伸長碰至地面，瘴就能咬住欲線，將那份欲望連同對方一併吞噬。

可是，不論是之前的「貓男孩事件」或是更之前的「楊家山神事件」，他們所碰上的瘴卻都是還沒等到欲線長至碰地，就侵入到人的體內了！

這樣的事……壓根是前所未聞……

誰也不知道，瘴……爲什麼會異變？

難以控制自己的思緒，一刻一邊想著這陣子發生的事，一邊和曲九江、楊百罌前往文同會所在的社辦大樓。

聚集著所有社團辦公室的寬敞建築物內，縱使是星期一的中午，也仍有不少人。一踏進一樓走廊，便能聽見人聲此起彼落地從各間社辦傳出。

一刻等人爲了節省時間，直接搭乘電梯直達三樓。

文學研究同好會的社辦就坐落在走廊的最底端，由於是冷門社團，因此文同會的社員並不算太多。除了一年級的一刻、柯維安、曲九江、秋冬語，以及三年級也身兼社長職務的安萬里，就只剩下幾名擔任幹部的二、三年級學長姊。

不過，他們平時也很少在社辦露面，可以說是標準的幽靈社員。除非碰上社團評鑑之類的大事，才會被抓來幫忙。

文同會社辦的門扇是半掩著的，但是走到門前的一刻他們，都能聽見安萬里和另一名女性的說話聲。

猜測著那人或許就是安萬里提到的新顧問，一刻舉手敲了敲門，接著便將門板順勢推開。

首先映入這三名一年級社員眼中的，是剛好正面向著他們的斯文年輕人。他穿著格子襯衫，俊雅的臉上戴著一副細框眼鏡，令他沉穩的氣質再增添一份知性。

那人不是別人，正是文同會和不可思議社的社長，安萬里。

雖說外貌文質彬彬，又給人親切溫和的感覺，可見識過他真面目的一刻等人都知道，安萬里的真實身分是神使公會的副會長，隸屬「守鑰」一族的妖怪，據說歲數已經突破七百。

安萬里一旦展現隱藏的妖化模樣，眼珠就會由黑轉成碧綠，半邊臉頰更是會浮冒一枚枚的石片覆蓋。

而在平常，他就只是繁星大學中文系三年級的學生。

至於背對著門口、正和安萬里交談的，是一名穿著剪裁俐落褲裝的高挑女性。手腳看起來相當修長，露在袖口外的兩隻手臂，下臂處紋著奇特的暗青色刺青，乍看之下，令人分不出是字或圖騰；一頭長髮則束成高高的馬尾，但長度仍超過腰間。

除了顯眼的刺青之外，另外還引人注意的，莫過於那名女性的髮絲末端。那裡挑染著多縷金黃的色澤，夾在一片漆黑之中，看起來格外耀眼。

當一刻他們進入社辦，安萬里就注意到他們的到來。他暫時停下與他人的交談，對著幾名學弟妹露出親切的笑容。

「小白你們來了啊，不好意思，大中午的還要你們跑這麼一趟。」

「學長。」一刻點點頭，他身後的楊百罌也是禮貌地向安萬里打招呼。

至於曲九江，從一開始就沒人奢望他會開口——那名鬈髮青年的身上雖然配備了過多的「諷刺」和「傲慢」，但是「禮貌」這一項，是絕對沒有包括在內的。

而乍見安萬里的視線越過自己，對著後方說話，高挑的馬尾女性也察覺到有其他人到來。她轉過身，頓時讓一刻等人瞧清了她的面容。

女子的氣質成熟，看起來比安萬里大上幾歲。五官輪廓深刻，襯著偏古銅色的深色肌膚，流露出某種獨特的異國風情；尤其是一對眼角上勾的鳳眼，光是直視他人，就能令對方感受到一股難以言喻的魄力。加上她又穿著一襲貼身的褲裝，更是給人幾分「男裝麗人」的印象。

一刻猜測對方就是他們社團的新顧問，只是沒想到會那麼年輕，他以為安萬里會直接找學校裡的老師……不，也或許那名女子只是看起來年輕。畢竟他自己就有個讓人錯認為大學生，但實際上歲數已經破三十的堂姊。

馬尾女子顯然也在打量一刻等人，她毫不掩飾自己的態度，一雙鳳眸大剌剌地掃視過三名年輕的學生一圈，接著又回到一刻臉上。

「你就是安萬里提到的，那個叫小白的嗎？」下一秒，馬尾女子竟無預警地湊上前。她的動作太突如其來也太快，以至於沒人及時反應過來。從她飽滿的嘴唇中吐出了低啞的嗓音，沒有一絲屬於女性的柔美，可反而有股另類的魅力。

女子挑起眉，嘴角的笑意散發出侵略性，只是她接下來的話卻是大大出人意料，「聽說你的興趣也是那些不到三歲、走起路還會像企鵝搖搖晃晃、說的淨是些火星語的矮不隆咚小鬼？」

什……！一刻當場啞然，一時消化不了對方忽然扔出的長串句子，等到他意識過來，整張臉也黑了。

「我的興……興妳妹！老子從來就沒有那種鬼興趣！」一刻想也不想就脫口咒罵，「靠杯啊！老子又不是柯維安！」

莫名其妙……他爲什麼要被貼上「戀童癖」的標籤！

「嘿，冷靜些。小白，顧問她沒有惡意的。」安萬里像是要緩和氣氛，笑笑地打著圓場，不忘投給馬尾女子不贊同的一眼，「顧問，也請妳別問一些奇怪的問題，會嚇到社裡一年級的同學。我保證那不是小白的興趣，我所認識的人裡，也只有維安是這樣而已，眞令人擔心他哪天會不會上了社會版新聞……說到這個，維安呢？我知道小語有事，但維安……」

「他去買漫畫了。」楊百罌負責回答，眸子還是不自覺地盯著那個身分確實是他們社團顧問的古怪女子。她不知道自己的眼神多少帶了一絲敵視，可能是因爲對方無禮的問話和態度。

「原來是買漫畫嗎？我記得今天是《寶貝甜心戰隊》的發售日，我也很喜歡那部作品呢，裡面的反派角色都相當火辣性感。」安萬里輕推眼鏡，文質彬彬地說：「事實上，我收藏的片子當中，剛好就有那些反派的角色扮演。那些服裝在三次元可眞的是……」

「我操！學長，我們可一點也不想知道這個！」一刻痛苦地大叫著，臉孔扭曲。

就算安萬里再怎麼以學術知性的口吻描述，都不能改變主題是A片的事實。

——給人斯文印象的安萬里，最大的興趣就是看書和收集A片，還特別熱愛名爲「蒼井索娜」的A片女星。

一刻眞是覺得受夠了，他就只認識神使公會的三個人，偏偏這三個都不太正常。柯維安是戀童癖，安萬里是A片收集狂，然後身爲會長的胡十炎，則是動畫角色魔法少女夢夢露的狂熱粉絲，還將自己的嗜好加在秋冬語身上！

「片子？學長收藏影片有什麼不對嗎？」楊百罌喃喃地說，語帶困惑，她至今還不了解安萬里的喜好。

「……妳不會想知道的，我保證。」曲九江罕見地對楊百罌認眞說。

「夠了，安萬里，你再不進行正事，我就要踢你屁股了。你找我過來，不是爲了讓我聽這些廢話吧？」挑染著金髮的馬尾女子不客氣地坐上最近的一張桌子，雙手撐按著桌緣，不受拘束的姿態像是她才是這間辦公室的主人，「噢，要是你說是，我不止會踢你屁股，還會將桌上的杯子塞進你嘴巴裡。」

「我確定我的嘴巴完成不了這種高難度動作。」安萬里正經地摸著下巴說道，旋即又掛起微笑，抬手向一刻他們做出了介紹，「小白、九江、百罌，這位是我們社團的新顧問。她姓張，張亞紫，對不可思議的事也做了一些研究。我認爲她相當適合這個職位，相信一定能爲大家帶來幫助。顧問，這三位是我們一年級的社員。白髮的妳已經知道了，他叫小白，另外兩位是曲九江和楊百罌。」

一刻翻了個白眼，放棄再吐槽自己的名字根本不叫小白。

「我是張亞紫，你們可以喊我顧問，或是連名帶姓地叫，我不介意。」張亞紫跳下桌子，嘴角勾起，她的笑容莫名地像是肉食動物般，透露出一抹兇悍，「我們廢話就省下吧。我有一件報告要你們做，期限是到這個月的月底，屆時交過來給我。既然是不可思議社，就做點符合這社團名稱的工作。所以聽好了，題目是『連鎖信與天使蛋』，這最近在你們學生間應該很流行。」

「慢著，這兩者之間是有什麼關係？」一刻眉頭皺起，一點也摸不著頭緒。

「那就是你們要負責告訴我的。」張亞紫神色不變地迎視回去，一雙鳳眸犀利，「安萬里說你們有點不一樣，那就證明給我看。如果連我都覺得那信有問題，你們就更不應該看不出來。」

一刻瞪著張亞紫，只覺越發一頭霧水。他們的確在教室聽見了跟天使蛋有關的詭異呢喃聲，可是連鎖信……指的又是哪方面？

即使戴著平光眼鏡，但一刻尖銳凶狠的氣勢，卻不是鏡片能藏得住的。

然而奇異的是，張亞紫對那樣的視線完全無動於衷。她只是揚了揚眉毛，回予一抹無謂狂放的笑容，表示她今天來此的目的已經達成。

「就這樣了，小鬼們，加油努力吧。」張亞紫拎起桌上的包包，揮下手，便大步離開這間社團辦公室。

面對來去簡直像一陣旋風的古怪顧問，一刻一時間錯愕得說不出話，心中反倒是「這他媽的在搞什麼鬼」的感覺比較強烈。

相較於一刻愣怔原地，楊百罌沉默思索，曲九江則是完全無視方才那番談話，長腿一邁，逕自霸佔了社辦僅有的一張長沙發，隨手抓了一本書蓋在臉上，好阻擋光線。

這才是他過來文同會社辦的主要目的。

「是不是覺得訊息量太多了一點？」安萬里跳過曲九江，體貼地對楊百罌和一刻笑了笑，「我們新顧問的風格比較獨特點，不過久了就會習慣。她人很不錯的，我可以保證。那麼，關於『連鎖信與天使蛋』這份報告……」

「學長，這裡提到的連鎖信，指的是那封『天使蛋會實現你的願望』的信嗎？」楊百罌冷靜沉著地開口：「信裡還說了，只要默唸『天使蛋、天使蛋，拜託你實現我的願望』，就會帶來幸運？」

「等一下，剛那句話不是……」一刻睜大眼，吃驚的表情毫無保留地顯露在臉上。

楊百罌後半段說的那句話，正是他們先前在教室中聽見的。

「百罌，莫非妳也收到了嗎？」安萬里亦是面露訝色。

「不，我是聽系上同學說的。」楊百罌搖搖頭，「我沒有臉書帳號，所以不曾收過那種訊息。那封信聽說是行銷手法的一種，讓人對『天使蛋』這個商品感興趣，進而購買。」

安萬里臉上還是微帶著訝色，只不過這次更像是吃驚於身為大學生的楊百罌，居然沒有使用臉書。

「所以說，眞有『天使蛋』這種東西？」一刻狐疑地盯著另外兩人。

「白曉湘今天就帶了一個到系上去，你睡得不醒人事，所以沒看到。」楊百罌隨手抽了桌上的白紙和筆，動作流暢地在紙上畫出一個圖案。

那是一枚蛋形吊飾，外殼上像是俄羅斯娃娃，有著衣飾和五官，只是構成的線條更簡單童稚，背後還有著一對白色的可愛小翅膀，外表與「天使蛋」這個名稱完全貼切。

「這還眞……可愛。」一刻看著楊百罌畫得生動的圖案，不禁脫口而出，「連我都想買了。」

注意到不光是楊百罌和安萬里，就連曲九江也移開書，目光瞥向他，一刻立即不爽地以眼刀射回去，那眼神就像在說「怎樣？是有意見嗎？」。

「以我的神來說，你的品味眞是怪透了，小白。」曲九江還眞不客氣地給予評論，「不過那東西起碼比繃帶小熊好一些，搞不懂那種包得像穿神經病拘束衣的熊有哪裡好看的。」

身爲繃帶小熊的死忠擁護者，一刻理智線登時斷裂。他動作快狠準地抄起桌上的一本書，就直接砸向沙發上的曲九江。

「我操你媽的！我才不想聽一個味覺死掉的草莓蘇打控來說我的品味！還有給老子向全世界的繃帶小熊道歉！」

「小、白！」無端遭到橫空飛來的書籍攻擊，曲九江也火了。他猛地站起，一雙眼睛染上凶猛如獸的銀光，就連髮絲末端也覆上一縷縷赤艷的紅色。

眼見這兩人即將因爲這種小事爆發爭執，一道四平八穩的聲音快一步插入。

「那麼要是你們欺侮了我們，我們難道不會復仇嗎？（出自《威尼斯商人》）」安萬里的話聲剛落，一道泛著白光的障壁就平空聳立在一刻與曲九江之間，讓他們誰也不能再向前一步。

「好了，孩子們，吵架也是要看地點和時間的。半神和半妖要是打起來，社辦大樓估計會撐不住。我可不想看見社辦裡的收藏品跟著毀於一旦，那些書可都是我的寶貝呢。」安萬里黝黑的眼珠成了碧綠，半邊臉頰也覆蓋上些許石灰色岩片。他笑咪咪地說著，但是半瞇起的眼中卻毫無笑意，帶著不容反駁的威嚴。

這讓人想起眼前的黑髮男子不是人類，而是妖怪「守鑰」一族——只是到現在，一刻還是對這個種族全然不瞭解。

「別忘記我們還在講正事。」安萬里的唇弧度更大，他「啪」地一聲闔起手上不知何時冒出的書，「聽話的話，學長就將珍藏的『性感火辣小護士』特別借給你們，當然還是蒼井索娜主演。」

「……免了，謝了，真的不用了。」一刻痛苦地抹下臉，雙肩無力垮下。在瞄見曲九江將五指貼上光壁，皮膚紅光一閃，似乎是釋放出火焰的前兆，他沒好氣地喊了一聲，「別玩了，曲九江，你是想觸動這裡的灑水系統嗎？」

顯然曲九江也不打算讓自己弄得一身濕，他彈下舌，眼眸和髮絲恢復原來的顏色。

見狀，安萬里也隱去自己妖化的特徵，看起來又是那名文質彬彬、令人安心的社長了。

「真該說他們感情不好，還是說越吵越好呢？」安萬里傷腦筋地搖搖頭，再望了楊百罌一

眼，他露出微笑，「放心，我相信學妹妳和小白他們的感情也會更好。對了，妳手上的符咒可以收起來嗎？小白和九江並沒有眞的要打起來。」

楊百罌的雙頰微微一熱，但還是鎮靜地將挾在指間的符紙收起。

「孩子們，回歸正題吧。」安萬里屈指敲敲桌面，示意眾人看向他那邊。

曲九江可能是覺得既然都站起來了，就懶得再躺回沙發，就連他也一併望著安萬里打開的電腦螢幕。

「連鎖信的事，其實是顧問先收到，覺得不對勁才傳給我看。」安萬里一邊解釋，一邊飛快地點了幾下滑鼠按鍵，一下就進入臉書的視窗頁面。

從左上角的使用者名稱和照片來看，可以知道這是安萬里的個人臉書。

安萬里再移動鼠標，這次點進的是他的收件匣，左側是排列著一排標題不同的訊息。

而在最上方，所有人都可以看見那封訊息的標題，赫然正是「天使蛋實現你的願望」。

「接下來仔細看好了。」安萬里的語氣變得嚴肅，隨著他點開那則訊息的剎那，在他身後的三雙眼睛瞬間掠過了錯愕或訝異。

一刻不知道其他人看見的是什麼，但他確實瞧見訊息中的文字居然像黑煙似地產生晃動、扭曲，簡直就像……字是活的。

「這是……」一刻眨下眼睛，再細看時，訊息已經沒有先前的那份異常。而不曉得是不是他的錯覺，他總覺得映入眼中的字有些霧霧的，彷彿罩著一層薄薄的灰塵。

「字剛動了？」楊百罌驚異地說，「是錯覺嗎？」

「那我們就是集體錯覺了。」曲九江哼笑，嘴角勾起嘲弄的弧度，「這可有趣了，一封信竟然帶著妖氣？」

「妖氣？等等，這到底是怎麼回事？」一刻只覺愕然，「難道說有妖怪藏在網路裡嗎？這靠杯的是要人怎麼抓？」

「這個嘛，要說是也不是。不過，果然妖怪比較容易發現上面沾的是妖氣。」安萬里轉過身，鏡片後的眼瞳銳利，「小白，你聽說過言靈嗎？」

「你說……」一刻一愣，正當他要回話的時候，有人代替他先說了。

「說出的話帶有力量，所謂的詛咒就是基於這個道理。」曲九江淡淡地說，還不忘給了一刻一眼「看在你是我的神的份上，我勉強幫你說吧」。

「……謝謝你他媽的好、意。」一刻咬牙切齒地擠出聲音，最末兩字的語氣聽起來和「去死」差不多。

「正如九江所說的。」安萬里適時地插話，以免這對不知是感情差還是好的神與神使又吵起來，「語言含有力量，即能成爲言靈。事實上，文字也可以。一旦文字有了力量，有了意志，進而有了生命，我們一般將之稱爲——字鬼。」

「字鬼？」

「沒錯，字鬼。以前的字鬼是出現在書裡爲主，不過隨著時代進步，字鬼也會適應環境。就像原本很有名的貞子小姐，她現在也開始爬起平板電腦了。」由於安萬里的表情很正經，一刻和楊百罌實在很難判斷他是認眞的抑或是開玩笑。

至於曲九江，估計他從來沒聽過「貞子」是誰。

「啊，我是說眞的。」安萬里一眼就看穿學弟妹的困惑，他露出了有些困擾的笑容，「前陣子她就誤爬到我的平板，不過這不是需要在意的事，你們聽聽就算，我們就先把這放到一邊去吧。」

不不不！這根本令人超在意的好嗎？一刻用了極大的力氣才沒讓這句吶喊脫口而出。

「字鬼由字產生，在以前是靠著書信吸收力量，現在則是可以憑藉網路上連鎖信的擴散來吸收。」安萬里繼續說下去，「一般而言，帶有負面執念的文字最容易產生字鬼，連鎖信這類東西就是上上之選。但是，字鬼也不是一、兩天即能形成，它得花上很多時間，先想辦法吸食人類的負面意念。」

「而在天使蛋的那封連鎖信裡也提到，轉寄者必須連同信中的信箱附加進去……所以我和顧問猜想，那些藉由連鎖信傳播而吸收到的微弱意念，就是這樣匯聚起來，最後再傳送回同一個地方，但問題是……」

安萬里的笑意斂起，神情也轉爲嚴肅，「天使蛋的那封連鎖信，也只是最近這陣子才出現的。就算再怎麼擴散，也不該成長得那麼快，短短的時間內，就已達到妖氣外洩的地步。我和顧問都認爲，這字鬼的出現有蹊蹺。它是偶然在這封連鎖信中成長？或是有心人士蓄意……」

「換句話說，就是要我們幫你們查個清楚？」曲九江抱胸，眉眼籠著倨傲。縱使面前的安萬里是三年級學長，又是活了七百年以上的妖怪，他也不曾改變那對人冷淡的態度，「這算盤打得眞不錯。可是，憑什麼要我們替你們做？就只是因爲那個來歷不明的顧問的命令嗎？」

「這個嘛，我也不是麻煩九江學弟你去做。」安萬里不以爲意地微微一笑，細長的眸子裡盡是一片坦蕩蕩的溫和，「我拜託的是小白學弟和百罌學妹，當然維安那小子也跑不了。」

然而那笑看在一刻他們眼裡，卻有種說不出的狡猾。那模樣竟有絲像柯維安打著主意的時候，只是比對方更加深沉。

「老實說，我拉亞紫來當我們社團的顧問，就是用連鎖信和天使蛋的事做交換。她還要我別插手，否則這事就不算數。如果有了一位顧問，將對不可思議社有很大的幫助，這點我可以保證。況且，要是能及早阻止字鬼造成更大的危害，不也是件好事嗎？」安萬里還是一副笑咪咪的模樣，甚至從頭到尾都沒有用命令或強迫，他就僅僅是溫和地提出了委託。

但一刻忽然深深地理解到，柯維安總說安萬里狐狸眼、狐狸笑，是有原因的。

一刻自己是神使，消滅爲惡的妖怪本就是職責；楊百罌是責任心極高的狩妖士，尤其又是學長的委託，他們兩人不可能不做。

而曲九江雖說不將神使的職責放在眼裡，卻也不會任由自己的神身陷險境。

也就是說，打從一開始，他們三人就沒有其他的選擇了。

安萬里早就肯定他們會接下這項任務。

比起六尾妖狐胡十炎……安萬里分明才更像是老狐狸！

「謝謝誇獎，這是我的榮幸。」安萬里似乎仍舊一眼就看穿了一刻的心思，他坦然微笑，「雖然我很想幫忙，不過顧問一旦知道就不肯來我們社團了。另外還有一點，這幾天我要趕著去接機，去參加我天使的握手會。」

說著，安萬里不知又是從哪裡變出了兩把大扇子。一把上面寫著「索娜MY天使」，另一把則是「I LOVE索娜」。

靠！這才是主要原因吧？一刻放棄吐槽了，也不想知道那扇子是從哪拿出來的。

楊百罌則是有些吃驚，像是沒想到一身書卷味的斯文學長，居然會是一名追星族——她不知道他追的還是A片女演員。

「最後一個問題，學長。」一刻摘下眼鏡，抹了把臉，從掌後露出的眼神格外銳利，「顧問是最先發現連鎖信有異常的人，她——是人類嗎？」

「顧問不是妖怪，她只是有點特別的力量。我和她是老朋友了，我可以保證。」安萬里說，在無人察覺的情況下，他的眼角餘光不著痕跡地瞥向了社辦門口。

同一時間，倚在走廊牆壁上的高挑身影直起了背脊。

原來張亞紫走出文同會的社辦大門後，並沒有眞的離開，而是留在外邊靜靜地聽著那些飄出的、不甚清晰的話語。也不知道她聽見了多少，但顯然已獲得自己想要知道的事。

只見那名挑染著金髮的褐膚女子勾起唇角，明明是高跟的鞋子，踩在走廊地板上卻是毫無聲息。她越走越遠，長長的馬尾在背後輕輕晃動。

在無人的走廊上，她的影子被明亮的陽光拉長，投映在正後方。

誰也不會看到，那影子長得超出一般正常狀況，髮絲的部分更像無止盡地朝旁延伸……

張亞紫的影子，就像要將一切全部吞噬殆盡。

第五章

店員小姐覺得自己的笑臉維持到快僵掉了。

雖然她只是在書局打工的大學生，但也知道服務業就是要對客人以禮相待，再怎麼樣都不能用臭臉對著客人。

聽著書局內播放輕快高昂的音樂，店員小姐多希望她面前的女客人也能速戰速決地放棄，不要再和她在櫃台內外大眼瞪小眼了。

——更讓人難過的是，對方才是眼睛大的那一個。

如果不是時間、場合都不對，店員小姐一定會好好地仔細欣賞眼前這位美麗的女孩。

在繁星市鬧區裡最大的一家書局工作，每天上門的客人來來去去，裡頭當然不乏各種正妹，可是那多數都是「妝」出來的，天生麗質、還完全不用化妝品的，店員小姐還眞的沒見過多少。

但是，現在佇立於結帳櫃台外的纖弱人影，就正是標準天生麗質的那種。

那是名皮膚白皙到蒼白，散發著病弱氣質的女孩。一頭長髮不染不燙，黑得像是能反光，五官是讓人嫉妒的精緻，乍看下就像哪戶有錢人家足不出戶的大小姐。

可不管如何，店員小姐現在只求對方快走……她都和對方對望十五分鐘了啊！

「那個，這位客人……」胸前掛著「如蘋」名牌的短髮店員掛著營業笑容，用著相當委婉的語氣說，「我們店裡的夢夢露海報已經贈送完畢了，我真的沒辦法再多找出一張給妳。」

「但是，櫃台上……不是還有最後一張嗎？」長髮女孩用著輕飄飄的平淡聲音說：「我知道海報要買書才會送，我也……買書了，爲什麼不能拿到海報？」

天啊，上帝救我！如蘋簡直想在心裡尖叫了，這十五分鐘內，她們倆不知道已重複同樣的對話多少次了。

都怪那個該死的買書送海報活動！如蘋懊惱地暗暗抱怨著。

今天在他們書局上架的一本新書《夢夢露的大危機和反擊》，只要購買這本書，就會贈送限量海報；不管是哪家書局，就只分配到不多的一定數量而已。

如蘋雖說平常不看動畫和小說，但在這打工久了，自然難免還是會知道這些東西，自然也曉得夢夢露是有名的魔法少女動畫系列，它的周邊或是漫畫小說都深受歡迎。

除了中、小學生之外，另外主要的客群以男性爲主。因此今天新出的小說剛一上市，就被人搶購得只剩下少量，海報則是早早就送完了。

如蘋沒想到眼前的美麗女孩也會買這本書，還堅持非拿到海報不可。

「不好意思，客人，《夢夢露的大危機和反擊》我們書店在上禮拜就先開放預購了，這張海報是另一名預購客人的，我眞的無法將它給妳，希望妳可以見諒。」如蘋放低姿態。如果對方是用找碴的態度，她也能拿出強硬的口吻，偏偏對方就只是一派平靜地和她僵持不下。

不論是誰……來救救她吧……

似乎上天眞的聽見如蘋的求救，幾個客人剛好拿著東西前來結帳。

見此情形，那名長髮女孩像是不打算妨礙如蘋的工作，也像是終於放棄了。她輕輕地點點頭，隨後腳步輕盈地離開了。

如蘋頓時大大鬆一口氣，同時也忽然想到，那名女孩的髮型和外表還眞有點像是夢夢露……不，也許純粹是自己想太多了。

甩去這些莫名其妙的心思，如蘋趕緊專心替等候在櫃台前的客人服務。

「你好，請問有會員卡嗎？需要統編嗎？好的，總共是三百二十元，收您三百二十元。」拿出專業的態度和營業用笑臉，如蘋動作熟練地陸續替多位客人結完了帳，接著一道聲音落下。

「不好意思，我要拿預購的書，書名是《夢夢露的大危機與反擊》。」

如蘋一抬頭，登時瞠大雙眼，驚喜的光芒在她眼中綻放。

「可可！妳幹嘛那麼客氣？害我以爲是別的客人……」如蘋說著就想拍打眼前女孩的肩膀，但猛然又想起自己還在打工，連忙按下衝動，以免被店長看到了，事後少不了一頓教訓，

「咳咳，妳要來也說一聲……等等，妳說妳要拿《夢夢露的大危機與反擊》？妳就是那個最後一個來拿書的預購客人!?」

如蘋再次瞪大了眼睛，只是這次臉上完全是滿滿的錯愕與吃驚。她上上下下地打量一遍自己的大學同學，認識快一年，她從來不知道對方會喜歡這個。可是她再調出預購者的資料，果然發現只剩一個名字還未領取。

——蔚可可。

「這還眞是沒想到……現在的美少女都喜歡這個嗎？這表示我也要看這個，說不定就能增加氣質？」如蘋喃喃地說，目光還是直盯著面前的女孩子。

對方有著一頭蓬鬆像棉花糖的鬈髮，長度過肩；巴掌大的臉龐上，大大的眼睛活像是小動物，面龐還帶著點稚氣和天眞，有種引人憐愛的特質。

不過，和她來往久了就可以知道——

「欸嘿嘿，我就算不看書也是完美的美少女唷。」鬈髮女孩得意地挺起胸膛，「所以就算小考不及格也沒關係……所以拜託千萬別跟我老哥提到上禮拜有考試的事啊！」

說到最後，鬈髮女孩得意的笑容再也掛不住，她哭喪著臉，雙手合十，高舉著向同學哀求。

——就可以知道對方原來是名天兵美少女。

「如果是別人自稱美少女，我一定會覺得對方在自大什麼……可是，可可妳完全就在範圍外了，大概是妳實在太脫線了吧。」如蘋長長地嘆口氣，「其實我那次小考也不及格，系上好像不少人都是，只能說教授那次的出題實在太機車了。不過，就算我幫妳保密，但我們系上一票女孩子都是妳哥的忠實擁護者。他去問的話，她們一定很樂意說出來。」

「有什麼好擁護的？我哥不就是個性硬邦邦、又刺刺的……有時候教訓起人又囉嗦。」鬈髮女孩噘起嘴，緊接著又緊張地說道：「這些話可不能讓他知道，不然我就死定了！」

「不會啦，我才不……」說到一半，如蘋忽然警覺地問道：「慢著，這本書該不會是妳哥要看的？」

「哎？不是、才不是，是我幫別人買的啦。」鬈髮女孩笑嘻嘻地揮下手，「我朋友的姊姊是補習班老師，最近她班上的學生好像也流行這個，想買來研究一下。我直接跟她說我用會員卡買比較便宜，下次回去時就能拿給她了。」

「原來如此……」如蘋不禁鬆了一口氣，她實在沒辦法想像那個英挺嚴肅、有種禁欲魅力的學長會喜歡魔法少女，那太破壞形象了，「可可，妳有帶會員卡嗎？先借我刷一下。」

「喔，好的，我找一下。」鬈髮女孩連忙低頭翻找包包，而這一低頭，卻不偏不倚地看見了櫃台與地面間的縫隙，正好卡著一張薄薄的卡片。

那是什麼？心裡好奇，但她還是先掏出會員卡給自己的大學同學，再蹲下身將那張卡撥出來。

赫然是一張學生證。

「如蘋，這是不是剛才的客人掉的？」鬈髮女孩連忙將那張學生證放在櫃台上，「繁星大學，中國語文學系，學士班，秋冬語……妳有印象嗎？」

「咦？這位……」如蘋一眼就認出來了，學生證上的大頭照不是別人，正是先前和她大眼瞪小眼、耗了十五分鐘的怪怪美少女，「這是之前來買書的客人沒錯，她那時還一直希望我把海報給她。不過海報是要留給妳的，那是預購者的福利。唔，現在追出去大概也找不到人了……可可，我看就將那張學生證留在……」

「乾脆我送去給她好了！」

「欸？」

「反正繁星大學也不算太遠嘛，而且中文系我也有認識的人，剛好去找他。還有這張海報，我也可以送給那個叫秋冬語的女孩，這可是一舉好幾得。沒錯，我真是天才！」鬈髮女孩雙眼放光，興高采烈地說道。

「所以妳該不會真的要殺去繁星大學？但是，妳不是……可可？喂，可可！」如蘋的話根本來不及說完，只能眼睜睜看著行動力超強的同學一接過書的袋子，給了她一抹活力十足的笑容，就風風火火地跑出了書局。

——更厲害的是，走道擠那麼多人，那道嬌小的身影居然一個也沒撞到。

當自動門開啓，再「唰」地一聲闔上時，如蘋只能讓自己未完的話語無力地落在空氣中。

「……但是妳不是早上才跟我說，中午要和妳哥一起在市區吃飯的嗎？」

□

秋冬語看著手機上的地圖，在心裡默默將剛才去過的書局刪除。那已經是她找過的第三家店了，可惜一樣沒辦法獲得海報，結果同樣的書倒是買了三本。

不過出錢的不是她，看書的也不是她。

「老大……應該不會介意。」秋冬語站在人行道上，等著前方的紅燈轉成綠燈，殊不知她的外貌引得旁邊一同等候過馬路的人忍不住頻頻側目。

——黑長髮、齊劉海，精緻的五官和過於白皙的膚色，宛如一尊等身大人偶，加上手中還拿著一支張開的蕾絲洋傘，說有多顯眼就有多顯眼。

「老大也說過，買書……要買三本。一本收藏、一本自己看，一本……傳教用，就當我先幫老大都買好了……」秋冬語點點頭，收起手機，跟著行人一起穿越斑馬線，不打算再去其他書局尋找了。

雖說繁星市是座大城市，有著繁星大學和西華大學等兩所以上的大學，其他的國小、國中、高中更是多不勝舉，市內的書局自然也分布得又多又廣。但是有和出版社合作，推出限量海報的就只有三家。既然三家都跑過了，就沒有再浪費時間的必要。

秋冬語決定先前往神使公會——她不是神使，不過的確是公會的一分子——將書交付給委託她的胡十炎，再去找間便利商店，好好吃頓午餐來補足力氣。否則一旦在無人的地方暈倒了，只會使事情變得麻煩。

一邊盤算著待會要買四個飯糰、兩桶冰淇淋，秋冬語一邊往公會所在的方向行進。正當她思索著還要不要再買一瓶牛奶的時候，她的手機忽然響了。

「是，這裡是……秋冬語。」秋冬語接起手機，等待著打電話給她的胡十炎說出下一句話。而正如她所猜測，胡十炎果然是來詢問小說和海報的情況。

在一聽見只有小說沒有海報時，胡十炎稚氣的嗓音拔成哀叫，那高亢的叫喊從手機另一端傳出，大得就連正好路過的行人都嚇了一跳，以爲手機裡聲音的主人是發生了什麼事。

而那些路人的目光最後往往會落至秋冬語身上，訝異這個如同白瓷人偶般的長髮女孩，怎麼可以若無其事地忍受那高分貝的聲音？表情連變都沒變，甚至手機也沒拿遠，還是貼在耳邊。

「可惡，早知道不該錯過預購的……但我那時正忙著準備刷牆壁的材料和構圖，想到時，預購名額早滿了……」胡十炎的聲音聽起來無比懊悔，但很快他又重振精神，語氣變得冷靜、沉穩，「辛苦妳了，小語。找剩的錢妳就直接拿去用吧，我現在人在家裡忙著。妳知道安萬里這幾天要去哪裡嗎？公會的人說他又請假，他最好工作有做完。」

「是。副會長說他要去……」秋冬語的話說到一半，一陣響亮的喇叭聲倏地蓋過了她的聲音。她抬起頭，下意識往旁邊望了望，頓時發現人行道靠馬路的那一側，不知何時停了一輛重型機車，深紅的車身在艷陽下似乎在閃閃發亮。

車上的騎士揭開安全帽的面罩，朝秋冬語露出耀眼的微笑。

「嗨，冬語。」外表陽光英俊的齊翔宇露出一口白牙，那身帥氣十足的派頭，惹得其餘經過的女孩不免興奮地多看幾眼。

「你好……」既然人家和自己打招呼了，秋冬語也規規矩矩地回禮，這是胡十炎對她的教導。

思及胡十炎還在線上，她先將剩下的話說完，「跟蒼井索娜有關。」接著收起手機，平淡地直視半路攔下自己的外系同學。

「眞巧，沒想到會剛好遇上妳。」齊翔宇似乎嫌戴著安全帽不好說話，他先將重機熄火，再把全罩式安全帽摘下，笑容滿面地盯著秋冬語，「妳吃過中餐了嗎？還沒的話要不要一起吃？我請客。」

「你和白曉湘不是先吃過了嗎？教室裡……對話應該沒聽錯。」秋冬語說。

「曉湘臨時被叫走了，所以我就一個人騎車到處晃。」齊翔宇跳下機車，朝秋冬語伸出手，像是要將她一把拉過，「走吧，我們一起去吃飯。妳下午沒課吧？有的話乾脆蹺掉，我載妳一起去兜風。我們還可以去我家在棋山的小屋玩，那裡可是我和朋友們的祕密基地。」

「否定，我有事要處理。」秋冬語收起洋傘，後退一步，文靜的臉上缺乏表情，「而且無法理解……爲何我該陪同？」

「爲什麼？我們不是朋友嗎？」齊翔宇就像受到打擊，放下手，露出受傷又哀怨的表情，容易激起女生的母性，「難道當不成情人，連朋友也不能當了嗎？冬語，妳這樣對我未免也太狠心了，我們是朋友吧？」

「認識、說過話……朋友的定義確實是如此。」秋冬語點點頭。

「太棒了，我就知道冬語妳不是狠心的人。」齊翔宇頓時喜不自勝，臉上有著愉快的笑，「那，就算沒空一起吃飯也沒關係，妳要去哪裡處理事情？我送妳，這妳可就不能拒絕了。」說著，齊翔宇無預警地搭住秋冬語的肩膀，身子一側，那姿勢乍看下就像攬抱著對方一樣，「身爲朋友，我怎麼可能忍心看妳在這種大太陽底下走？走吧，我騎車送妳。」

「否定，我不需要。」秋冬語平靜地說，注意到對方高壯的身軀剛好擋住她的去路，讓她無可閃避時，她直接撥開肩上不請自來的那隻手，隨即邁步想繞開對方。

卻沒想到那隻大手不放棄地又追上來，甚至使勁抓握住她纖細的手腕。

「妳連給朋友面子都不願意嗎？我只是關心妳啊，冬語，怎麼可以無視朋友的關心？妳就別使大小姐脾氣了。妳看，路人說不定以爲我們是情侶吵架呢。沒關係，就走吧，妳應該接受朋友的好意才對。」齊翔宇軟聲誘哄著，而五指上的力氣卻毫不鬆放，隱約還有加重的趨勢。

秋冬語知道「朋友」廣泛的定義，胡十炎曾教導過她。她也知道柯維安和一刻是朋友……那自己呢？

她和小柯是搭檔，小白是同伴，楊百罌是室友……但她還是不明白也不理解朋友的存在。

秋冬語短暫地分了神，這使得齊翔宇大喜，以爲面前的女孩答應了。他眼中掠過得意和自信，就算第一次被秋冬語拒絕了，可他有十足把握，只要……

秋冬語倏然回神，她停住腳步，那反向的力道立刻讓齊翔宇感受到一股阻力。

「冬語，我不是說別拒絕朋友的好意嗎？反正我有空，妳就讓我送一程吧。」齊翔宇強勢的笑容裡掠過一瞬不耐。

秋冬語墨黑的雙眸不見起伏地望著齊翔宇，內心則是在判斷如果拿傘揮向對方，會不會違反了胡十炎訂下的「不得隨意攻擊人類」的規定。

然而就在下一秒，一聲急促的大喊驀然打破了這份僵持。

「小語！」那是另一個女孩的聲音，「我終於找到妳了，小語！」

那個「小語」，似乎就是在指秋冬語。

秋冬語和齊翔宇反射性地停下拉扯，有志一同地朝著聲音的來源看過去。

那是個匆匆跑來的鬈髮女孩，有著像是小動物的靈活大眼，可愛的臉蛋顯得精神奕奕，還帶著一絲稚氣。

她在秋冬語和齊翔宇的面前停了下來，她確實是在喊著前者的名字。

可是，是誰？秋冬語眨下眼，淡然的臉龐閃過一絲困惑，她不認得眼前的女孩子。

齊翔宇也相當吃驚。據他所知，秋冬語身邊並沒有什麼要好的朋友；而中文一的女同學他幾乎都有印象，很確定那個鬈髮女孩絕對不在其中。

所以，她究竟是誰？

似乎沒察覺到另外兩人對她的出現所產生的訝異，從書局追出，結果還真的讓她找到秋冬語的蹤跡，蔚可可微喘了幾口氣，拍拍胸口，接著猝不及防地就將齊翔宇的手大力拍開，再將秋冬語使勁拉到自己身後。隨後她雙手扠腰，擋在兩人間，圓亮的眸子不客氣地瞪向齊翔宇。

蔚可可雖然不知道發生什麼事，可是她追來時，很清楚地看見了那個男的擺明就是在強迫人，她幾乎都聽不下去了。

「喂！你是什麼意思？沒看見小語不願意嗎？」蔚可可板著俏臉，氣呼呼地說著。她最討厭男生單方面地將自己的想法強加到女孩子身上，「不就是不，你是有哪個字聽不懂嗎？那種強迫人的舉動，只有混蛋和爛人才做得出來。」

「妳又是誰？」壓根沒想到自己會被個素不相識的女孩劈頭就這麼教訓一頓，齊翔宇的臉色青白交錯，本來想搭訕對方的心情也全數消失。他感到面子掛不住，惱怒地低吼，先前的陽光笑容早就不復存在。

「我？我是小語的好麻吉！我才要問你又是誰？」蔚可可立即勾住秋冬語的一隻手臂，同時趁著男生沒注意到的時候，飛快地說了一句，「配合我。」

秋冬語當下明白，這個小動物般的可愛女孩是特地來幫自己解圍的。但是，為什麼她會知道自己的名字？

「所以說啊，你這個人到底想做什麼？小語可是跟我約好了，你忽然跑來還死纏爛打，未免也太奇怪了。」蔚可可瞪著齊翔宇，那番伶牙俐齒的反擊，讓齊翔宇臉漲得越來越紅。

向來在女生中吃得開的齊翔宇作夢也沒想到，他不但被秋冬語拒絕了告白，現在還被這個自稱是秋冬語好朋友的陌生女孩指著鼻子罵。更糟糕的是，經過的行人聽了這番話，明顯也將他當成死纏著人不放的登徒子，投來的目光或是帶著指責或是帶著鄙夷。

「沒想到那個男的是這種人……」

「虧他長那麼帥，眞是知人知面不知心。」

那些細碎的竊竊私語飄進了齊翔宇的耳中，當場讓他越發臉色發青，他從來不曾遭受過這樣的恥辱！

「我……」齊翔宇深吸一口氣，捏緊拳頭，強壓心中憤怒地擠出了一抹勉強的笑，「我沒有要強迫冬語的意思，我只是爲她好、關心她，覺得她不該拒絕朋友的好意。不過既然妳們先約好了，那我也不打擾。我先走了，冬語。」

「……不送。」秋冬語還是輕飄飄的語氣，冷冷淡淡的態度。

但這兩字聽在齊翔宇耳中，只覺格外像是一種諷刺。他臉部肌肉一抽，旋即僵著臉，跨上重機、戴上安全帽，重新催動引擎離去。

「眞是的，討人厭的傢伙就快走吧！」蔚可可朝紅色重機離開的方向吐吐舌，「說什麼爲誰好、關心誰……根本就只是把自己的欲望和想法強加在別人身上，跟當初那個跟蹤狂沒兩……」

發覺到一旁的長髮女孩正用黑得驚人的眸子注視自己，蔚可可意識到自己有些失態。她尷尬地刮刮臉頰，嘿嘿傻笑，「不好意思，我好像有點太激動……呃，因爲高中的時候曾碰過跟蹤狂，對方也是滿口地『爲妳好、關心妳』，所以忍不住……抱歉、抱歉，這不是什麼重要的事。」

蔚可可趕緊做了個放到旁邊的手勢，然後朝秋冬語遞出一項東西。

「這是我在繁大書局撿到的，本來想說要送到繁星大學去，沒想到在這裡看到妳。」

秋冬語終於明白對方爲什麼知道自己的名字了，原來她遺落了學生證。

「非常感謝……」秋冬語點下頭。

「哎？不用謝啦，這只是小事，而且我也有朋友剛好和妳同系。朋友的朋友也是朋友，當然要幫忙嘛。」蔚可可俏皮地擺了個敬禮的姿勢，「因爲我擅自看了妳的學生證，所以讓我也自我介紹一下。我是西華大學外文系一年級的蔚可可，雖然我也不知道爲什麼我會塡到外文系啦……不過總之是名正港的活跳跳美少女！」

「妳臉皮厚沒關係，但多少也考慮別人聽不聽得下去，更不用說妳要不是活跳跳就不得了了。」一道低沉堅冷的男聲冷不防響起。

蔚可可臉色大變，還來不及轉頭，頭上就被不客氣地敲了一記拳頭。

「哥！」這下不用轉頭，蔚可可也知道後方來者是誰，也只有她那個惡魔老哥可以這麼心狠手辣，一點也不憐惜他可愛的妹妹。

「吵死了，別哇哇大叫。」那個男聲又說：「我不奢望妳有氣質，但起碼能懂得安靜。」

「喂，太過分了啦，好歹對你老妹我有點期待嘛……」蔚可可摀著頭，嘴巴哀怨抗議。感覺到有人影自後移到她身邊，她抬起臉，果然見到再熟悉不過的高個子青年。

青年有著一張俊秀的臉，戴著無框眼鏡，但眉眼冷肅，有股不怒而威的凜凜氣質，其修長的身高在大部分男性之間顯得相當突出。

蔚可可眞搞不懂，爲什麼他們系上就是有一票她老哥的崇拜者。她哥生起氣來可是嚇都嚇死人了，身爲最大的受害者，她絕對可以掛保證！

「是說，哥，你別站我旁邊啦，壓迫感很大耶。」蔚可可小小聲地說：「我的身高一定都被你拿走了。」

「不要傻了，妳以爲我們是雙胞胎嗎？長不高就少牽拖。」對方冷哼。

「壞人，沒同情心……」蔚可可嘀咕地說，隨後憶起自己也該向秋冬語介紹一下，「小語……我這樣叫可以嗎？」

見秋冬語又是點頭，她鬆口氣，繼續說下去，「這位是我哥，也是唸西華大學。他是法律系二年級，叫蔚商白。哥、哥，我跟你說，小語也是繁星大學中文系一年級耶！」

「妳好。」蔚商白淡然有禮地打了個招呼。

「你好。」秋冬語跟著回禮。

「欸，小語，妳覺得我哥怎樣？他單身喔，如果妳有……好痛！哥，你再打會更笨啦！」

「放心，反正也沒有聰明過。抱歉，請不要理會舍妹的胡言亂語。可可，走了，之前說想吃那間咖哩店的人是誰？」

「是我……嗚呃，我只是不小心忘記我們約好了……啊！哥，你再等我一下。」拋下話，蔚可可忽然匆匆向秋冬語跑了過去，她從印著繁大書局字樣的袋子內掏出一捆捲得好好的海報，「差點忘記了，小語，這是要給妳的，是《夢夢露的大危機與反擊》的限量海報。書局的店員是我同學，她說妳很想要，反正我有書就可以了，海報就請妳不要客氣地收下吧！」

蔚可可揚起大大的開朗笑容，將海報放至秋冬語手中，「掰掰，下次見囉！」

秋冬語還來不及反應過來，那名鬈髮女孩便精力充沛地跑回高個子青年身邊，包包上掛著的小吊飾似乎跟著閃過一抹反光。

小小的蛋形吊飾有著小巧的翅膀，那是——天使蛋。

等到秋冬語想到自己還沒有道謝，那名鬈髮女孩的身影早就消失了。

「……謝謝，還有下次見。」秋冬語細聲地朝已空無一人的方向說，「下次再見到，要問手機號碼……這樣，才會有更多的下次的下次……」

而且，老大也說過，接受別人的幫助要給予回報。所以，下次先問那名叫蔚可可的女孩子喜歡飯糰嗎？她可以請她一起吃，然後再問手機號碼……

兀自點了點頭，秋冬語再次撐開蕾絲洋傘。當她舉步前往自己的目的地之前，手機再度響起。

「哈囉！小語，妳現在在哪裡？」一接起來，手機裡便傳出柯維安開朗的聲音，「我買完漫畫到宿舍了，我們在研究天使蛋的事，最後決定等等要到老大家去。他那邊配備充足，而且我早就想借那套情報系統玩玩了。妳有空也一起過來吧！」

「了解，收到。」秋冬語收起手機，最後一次回頭望了那對兄妹消失的方向一眼，「他們有熟悉的味道……不過，不確定。另外，對蔚商白沒興趣……刺刺的、硬邦邦的，和楊百罌有點像……」

說完這最後一句，秋冬語頭也不回地往前走，蕾絲洋傘遮住了她半個身子……

第六章

一名六尾妖狐會住在什麼地方？

一刻曾想過或許是荒山野嶺，或許是人煙稀少的偏僻郊外，也可能甚至不在繁星市裡。不管哪個感覺都有很大的可能性，畢竟對方可是活了六百年以上的大妖怪——雖然他的外表實在太難讓人聯想到這點。

但是當一刻隨著柯維安到達目的地後，巨大的錯愕頓時籠在他的臉上，那完全不是他之前預想的地點。

柯維安帶著一刻、曲九江、楊百罌前往的是繁星市區，而且還是平日人就相當多的銀光街。那裡還有個別稱，又叫「補習街」，因爲整條街林立的店家幾乎都是補習班。

一到下課時間，這裡往往被擠得水洩不通。

而現在，一刻等人待著的地方，就是一棟起碼有十層樓高的補習班大樓正門前。門外矗立著多把關東旗，飄揚的全是不同補習班的廣告標語。就連每一層樓的外牆上，也都被不同色彩的補習班招牌覆蓋，花稍得讓人都要眼花繚亂。

靠，眞的假的……那隻六尾妖狐就住在這棟叫「銀光大樓」的補習班大樓裡？一刻相信這

麼想的一定不止自己，他看見身旁的楊百罌和曲九江也是差不多的表情。比較起來，楊百罌他們家還比較有世外仙境的感覺，起碼是坐落在山林中。

「喂，柯維安……你確定胡十炎住這裡嗎？」一刻瞪著補習班大樓的正門，就算這棟大樓此刻看起來沒有什麼人進出，他還是很難想像一名六尾妖狐會選擇這裡當居住地。

「咦？當然確定啊，我都不曉得來過這多少次了。小白，你該不會以為補習班大樓就不能住人吧？」柯維安將一刻的表情誤解成另一種意思，「不不不，最上面的樓層通常還是有……」

「廢話，我也知道上面會有住戶，我朋友的親戚也住這種大樓。」一刻沒好氣地說，「我的意思是，胡十炎就住在這種人多得要命的地方？我以為他……」

一刻遲疑了一下，又說：「我以為妖怪會喜歡人少一點的地方。」

「老大是比較喜歡人少啦，所以他住的那層也就只有他一戶而已。不過距離這裡十分鐘的路程內，就有三家模型店、兩家漫畫店，還有兩家專門販賣航空版A……愛情動作片的店。」想到還有楊百罌在場，柯維安將A片改以另一種名字稱呼。他聳聳肩，對一刻投了一個「所以你懂了吧」的眼神，「就連社長大人也是全力支持老大在這住下。附帶一提，他家也是在這。」

好吧，一刻確實是完全懂了。這裡對夢夢露粉絲胡十炎和A片愛好者安萬里來說，根本就是天堂了。

「那是直接搭電梯上去嗎？還是……」一刻記得印象中，為了防止學生誤闖一般住戶所在的樓層，這種大樓的電梯通常都會設有限定措施，唯有使用感應卡才能前往某些區域。

「我們直接搭住戶專用的電梯上去就可以了，就是最裡面那台。我去和管理員說一下，請他幫我們打開。」說完，柯維安就一溜煙地跑了進去。

見狀，雖說內心多少還有些疑慮，一刻他們仍然踏進了大樓內。

顯然這裡的管理員認識常來的柯維安了，只見他很快就點點頭，沒有多追問一刻等人的身分，也沒有打電話再向胡十炎詢問，就替一行人打開了電梯門。

「啊！我忘了有東西要買！」誰知道進了電梯後，柯維安忽然驚呼一聲，急急忙忙地又按住開門鍵，阻止兩片門板關上，「不好意思，我去隔壁的小七一趟，你們先上去吧。老大就住在十三樓，只有他一戶，不用擔心會找錯的。我待會兒就上來，小白要記得想我喔！」

「快滾。」一刻一腳將那個還朝他拋媚眼的娃娃臉男孩踢了出去。

電梯門關上，接著開始緩緩向上升起。

不論是一刻、曲九江或楊百罌，都不是會主動提起話題的人。於是明明有三個人在，但電梯裡卻是無比安靜。

面板上的樓層數字即將來到「13」。

一刻突然想起自己忘記問柯維安有沒有事先通知胡十炎他們會過來的事了，要是沒有，他們幾個就這麼貿然地跑上門，未免也太失禮了。

雖然表現出來的模樣常是不耐煩、缺少耐心，但是一刻在有些地方仍很注重禮節。

「楊百罌、曲九江，你們誰有胡十炎的電話嗎？」一刻轉身問著身後的兩名同伴，卻發現楊百罌手中不知何時握住了黃白兩色符紙，曲九江更是髮絲末端染成豔紅，眼瞳成了淡銀色。

一刻面露愕然：「靠！別跟我說你們兩個要在這打起來！」

「那你的眼睛一定是哪裡有問題了，小白，去換副眞正有度數的眼鏡吧。」曲九江瞥視自己的神兼室友一眼，「這裡有太多味道混在一起，眞讓人不舒服。」

「太棒了，你他媽的不諷刺人就會死嗎？」一刻摘下眼鏡，凶狠地給了曲九江一記眼刀，可他也沒有忽視對方話中的重點，「太多味道？什麼味道？楊百罌，妳也有聞到嗎？」

「不，我什麼也沒聞到。但是，就是覺得有些不對勁。」楊百罌攢緊符紙回答。

一刻試著靜心凝神，只是他沒感受到什麼異樣，也不認爲柯維安會把他們扔在危險中。

「也許是這電梯有其他妖怪或神使搭過的關係吧？畢竟胡十炎就住在這，他們來找神使公會的會長也很正常。」想了想，一刻做出這麼一個結論。

曲九江和楊百罌似乎也接受了。前者藏起妖化的特徵，後者收起符紙。

「叮」地一聲，電梯門開啓，外頭是明亮寬敞的走廊。

一刻他們走出電梯，只不過他們怎樣也沒想到，剛繞出走廊轉角，等待在他們面前的不是公寓大門，而是——

一抹體積龐大得塞住整條走廊、渾身漆黑，有著一隻獨眼和一張大得可怕的嘴巴的駭人身影！

「闖入者，你們來到不該來的地方。」那張幾乎和走廊同寬的血盆大口內發出了低沉沙啞的聲音，「立刻滾進電梯，否則殺無赦！」

當那聲咆哮如響雷在走廊中迴盪著，一刻終於明白曲九江和楊百罌方才感受到的異樣應該就是這個，而他的心中只有一個念頭：

操！他等等絕對要宰了柯維安那小子！

「最後一次警告，滾進電梯，離開這裡，否則——」

外貌就像團漆黑沼澤的巨大妖怪，用那隻獨眼盯視著從轉角後走出來的三道人影。它的嘴巴內正詭異地冒出一顆又一顆尖銳如三角形的牙齒，不僅如此，它嘴巴兩側似乎也在延長。

不對，不是似乎，是真的正貼著左右兩邊的牆壁延伸、再延伸，同樣也在長冒著一顆顆尖利得驚人的牙齒。

短短時間內，這隻黑色巨妖的嘴巴就包圍住一刻、曲九江、楊百罌，只留後方的去路給他們。若他們不離開，那張大口就會「啪」地闔上，將一切都咬得粉碎。

「否則怎樣？」但是曲九江卻率先越過了一刻，他抬眼傲慢地看著那隻獨眼妖怪，原本深色的眼瞳迅速被淡銀取代，紮綁在頸後的髮絲末端也飛快地染上紅艷。

轉眼間，一頭鬈髮赤紅如火。

曲九江勾起冷笑，聲音裡滿是輕蔑與諷刺：「告訴我，會怎樣啊？」

曲九江的右臂皮膚瞬間泛起紅光，隨即化成緋紅烈焰，一圈圈地纏繞在那隻手臂上。

「楊百罌，在妳和小白身邊弄出一個結界，否則燒傷了我不負責。」扔下這句冷漠的話，曲九江毫不客氣地釋放妖氣。他露出獰笑，銀眸狂暴如獸，全身散發出的氣勢已不若先前的慵懶，而是一種壓迫強烈的存在。

黑色巨妖的眼珠頓時睜得更大，彷彿直至此刻才終於醒悟到，面前的青年根本不是人類的事實。

那不是人類，那是——

「慢著，曲九江，你不能出手！」一刻哪看不出曲九江下一刹那就要展開攻擊，他鐵青了臉，一個箭步就要衝出，然而另一隻手緊緊地抓住他不放。

「曲九江要我們待在結界裡，由他負責處理即可。」楊百罌向來不會聽從曲九江的話，就算他們是雙胞胎姊弟，也是感情差到不行的雙胞胎。但是事情涉及到一刻的安危，就不一樣了，「放心，事情不對時我也會出手。」

「什……」一刻一時就像錯愕於楊百罌的回應，這也讓他瞬間錯失了反應的先機。

「汝等是我兵武，汝等聽從我令，圍守之界！」楊百罌迅雷不及掩耳地操縱符紙，只見她和一刻身周黃光一閃，一層障壁將他們包覆在中央。

「曲九江，動作快，少拖拖拉拉。」楊百罌冷冷地說。

「妳以爲這種事需要妳提醒嗎？」曲九江哼笑一聲，旋即猛力捏住五指，灼熱的火焰登時暴漲。他睨視著黑色巨妖，傲慢悅耳的嗓音一字字地敲落在走廊間，「你剛剛說否則怎樣？你想對我姊和我的神怎樣——快說，垃圾！」

當那聲狂暴冷酷的大喝砸下的同一時間，曲九江整條手臂上的赤紅火焰也霍然漲大，簡直就像一支巨大的紅蓮箭矢，立時就要脫出。

「幹幹幹！曲九江你靠杯的聽不懂人話嗎？」與此同時，被迫關在結界內的一刻也是暴吼出聲。他左手無名指閃現橘色神紋，那不再是小小如一枚戒指，而是擴展到他的手背上。五指握成拳，一刻猝然砸上那層黃色的障壁，在楊百罌愕怔的當下，他的身影已像利箭竄出。

下一秒，一切都在瞬間發生。

曲九江的火焰朝著黑色巨妖疾射而出。

一刻閃身擋在兩者間，手中握住如劍長的白針，用破開一切的凶猛氣勢往赤紅焰火斬下。

「小白！」曲九江簡直不敢置信，他想也不想地硬生生熄去所有火焰，一雙銀眸內不復見傲慢，只留一片純然的暴怒，「宮一刻，你他媽的發什麼神經！」

「你他媽的才是發神經！」一刻同樣不輸人地怒吼回去，「把你那該死的見到人就攻擊的反射性動作給老子改掉！這裡是胡十炎家，你以爲一隻六尾妖狐會需要放個顧門的來保護自己嗎？要是眞有的話，柯維安也不會讓我們自己上來。更重要的是，這棟大樓絕對有……操。」

一刻的一連串咒罵，最後在瞥見被他斬斷的餘火已經飄升到天花板附近後，以一句髒話做了結尾。

下個瞬間，大量的水就像雨般從天花板上灑落下來，將底下的幾人結結實實地淋了一身濕。

「……絕對會有自動灑水系統。」一刻抹了把臉，甩去一手的水，用著一種極力忍耐的語氣說，「我現在眞想宰了你，管你是不是我的神使，我說眞的。」

曲九江難得沉默，此刻他正以嫌惡的眼光看著全身濕透的自己。

楊百罌的情況比他們兩人好得多，雖然一刻將結界砸壞了，但殘留的碎片剛好成了遮蔽物，使她倖免於淋濕。

自動灑水系統過了一會兒才停止，天花板還有水陸續滴下來。

楊百罌似乎也從來不曾遇過這種尷尬的情況，她輕咳了咳，不敢太露骨地盯著衣服濕透的一刻不放，改而迅速轉移視線，想弄清那個黑色巨妖的意圖。

一刻說的確實有道理，反而是他們太沉不住氣了。可是如此一來，對方究竟是……

隨即這名褐髮艷麗的女孩怔住，一雙美眸的視線無法離開走廊的最前端。

那隻黑色巨妖在融化……它那是在融化、縮小嗎？

「小白、曲九江！」楊百罌急急一喝道：「快看前面！」

一刻當機立斷地捨棄掐死曲九江的念頭，迅速往那隻黑色巨妖的方向看去，白針還是緊握手中，就怕事情有個萬一。

然而一刻怎樣也沒想到，自己居然會看見那團像是深黝沼澤的龐然身影在急遽縮小，然後所有黑色的物質消失。

一屁股坐在走廊地板上的，赫然是個嬌小的小女孩。

她有著桃子色的粉紅長髮，髮絲在肩前綁成兩束，一對紫色的大眼睛蓄滿了淚水，似乎隨時會潰堤湧出。白嫩的臉頰這一刻像包子般鼓起，但五官卻是皺起的。

一刻認得出這個徵兆，他太熟悉的原因就是因爲以前在路上，莫名其妙被他嚇哭的小孩在準備嚎啕大哭前，就是這副表情。

果然，就在下一秒，震耳的哭聲從那小小的身體發出。

「嗚啊啊啊！嗚啊啊啊啊！」稚嫩的童音一旦拔成尖銳，就是種可怕的凶器。一刻得說，他寧願面對剛剛的黑色巨妖，也不想面對一個哭得淅瀝嘩啦的小丫頭。

「嗚啊！好可怕……嗚嗚，好可怕……」桃子色頭髮的小女孩放聲大哭，小臉漲得通紅，「紅頭髮的妖怪好凶……他好凶……」

這下子，即使是平常再怎麼置身事外的曲九江，也感覺到臉上的肌肉一抽。尤其在發現楊百罌和一刻都用一種責難的眼神望著自己，像在無聲地怪罪他一個大人竟然把小女生嚇哭了，他的額角更是迸出了青筋。

這難道是他的錯嗎？

這殺千刀的就是你的錯，快讓那個小鬼安靜下來，老子都覺得要聾了！一刻再用眼神給予曲九江回答。

曲九江陰沉著一張臉，終於硬邦邦地擠出字：「閉嘴，不准哭，吵死了。」

「我靠……這豬頭。」一刻也終於脫口呻吟，早知道就不該給曲九江那麼一道命令。那傢伙的聲音是不像之前大聲了，問題是聽起來更加森寒陰冷。

小女孩被那聲音驚得呆了一下，嘴巴無意識地開闔，淚光閃閃的大眼睛先是望了渾身都是冷厲之氣的紅髮青年，再望向咒罵出聲、表情不善的白髮男孩。她小小地抽了一口氣，聽起來就像打嗝後的嗚噎聲。

然後，更爲尖利的哭聲凶猛地爆發開來。

「嗚啊！嗚啊啊啊啊——」

這堪比強力武器的哭聲，就算在場三人都非尋常人，也覺得難以承受。

更何況，一刻說什麼也沒辦法見一個模樣可愛的小女孩哭得上氣不接下氣。

「眞是夠了，曲九江，你給老子閃到旁邊去，能離那丫頭有多遠就多遠。」在那陣驚人的嚎啕大哭中，一刻惡狠狠地警告曲九江，要他別再製造更大的混亂。

曲九江陰沉著一張臉，雖然拉開了自己和桃髮小女孩的距離，不過卻沒有離一刻太遠。這一切，都是爲了避免有什麼異變橫生。

「瞧瞧你做的好事。」楊百罌也靠近曲九江，但主要原因也和她的雙胞胎弟弟一樣，爲了預防一刻可能在無防備中受到傷害。她用著只有彼此聽得見的冷淡嗓音說，美眸則是瞬也不瞬地停留在白髮男孩和桃髮小女孩身上。

「我可不認爲妳會做得比我好。」曲九江也是用唯有雙方聽得見的音量說，語氣一貫地冷嘲熱諷。

罕見地，楊百罌這次沒有再回應，或許她自己也認爲事情就正如曲九江所說。她向來明白，自己的個性離「親切溫和」太過遙遠。

一刻根本無暇在意身後那對孿生姊弟在交換什麼意見，他只知道再不讓面前的小鬼閉上嘴巴，他們就只剩落荒而逃這個選項了。

一刻深吸一口氣，先是蹲下身子，好使自己的身高不會給前方的小女孩帶來壓迫感，再掏出口袋內的手機，在小女孩的雙眼前晃了一了。

「叮鈴」的聲音頓時吸引小女孩的注意力，她哭聲暫歇，水晶紫的眸子張得大大的，緊緊盯著垂掛在手機下方的那串吊飾。

除了繃帶小熊外，吊飾主要是由串珠拼組的小熊和小花組成，粉嫩又閃亮的顏色相當吸睛。

「小白，你的品味眞是越來越……」曲九江冷笑著就想扔出尖刻的句子，只不過一刻快一步截斷對方的話。

「閉上你那張嘴巴，曲九江。」一刻頭也不回地說，隨即話聲裡的凶狠退去，再對小女孩說話時，又是截然不同的語氣，「妳答應不哭的話，我手機上的這隻串珠小熊就送妳怎樣？」

小女孩眼中的驚惶減少，取而代之的是驚喜的光芒。可是就在她細弱地想吐出話語之前，走廊上倏地傳來了另一個聲音。

叮！

那代表電梯在這層樓停住，並打開了門，有人也到十三樓了。

輕快的腳步聲很快就從轉角處靠近，可以感覺得出來人心情很好，還邊哼著歌，然而歌聲轉眼就戛然而止。

走出轉角的身影不受控制地發出了吃驚的聲音，「現在是怎麼……」話都還沒來得及說完，桃髮小女孩已經像枚炮彈般衝撞出去。

「維安！」

「哎？里梨，等、等——嗚噗！」

在一刻等人之後上來的柯維安，這次依舊沒機會能說出完整的話語。

在場的其他三人都看得清楚，當那抹小巧玲瓏的桃色人影撲撞上柯維安的瞬間，那個手上提著超商塑膠袋的娃娃臉男孩面色一白，整個朝後飛了出去，接著撞上後方的牆壁。

三人看得有些呆了，不管怎麼看，那道嬌小人影的力道應該不可能那麼誇張。可是……

「我看到柯維安被撞飛出去，應該不是我的錯覺吧？」一刻不確定地說。

「不是。」楊百罌壓下震驚，力持淡定地說。

「我的答案跟楊百罌一樣。」曲九江就像不是真心想回答，但又不願被一刻忽視了意見。

「好痛痛痛……小白，這時候不是應該來救你親愛的嗎？你太無情了……」跌坐在地的柯維安摀著也撞上牆壁的後腦，有氣無力地撐直身體，好讓背能貼靠著壁面，一雙大眼睛對著一刻投出了滿滿的哀怨與控訴。

「誰是你親愛的？看樣子你是撞壞腦袋了，再用力、大力、猛力地給它撞一次如何？」一刻冷酷地提出建議。

「再撞下去我的頭就沒了啦……」柯維安可憐兮兮地哀嚷，緊接著把注意放在緊抱自己、臉埋在他胸前不放的桃色人影身上，「所以是發生了什麼事？里梨，妳好久沒用這種絕招衝撞我了……天啊，這種令人有點懷念的疼痛，先讓我蹭一下，我還是喜歡妳這模樣……」

「維安，沒、沒事吧？」聽見柯維安吃痛的呻吟，桃髮小女孩連忙驚慌失措地跳起，雙手緊張地放至背後，雙眼淚汪汪的，似乎隨時會哭出來，「我不是故意……里梨我只是一下又忘記……」

「咳咳，其實也不是太嚴重。」柯維安摀著肚子站起，臉上又掛起了大大的笑容，「這一年的時間我可是經過了小白的鍛鍊，耐撞力提升許多唷。來，這是要給里梨的。」

說著，柯維安從超商的塑膠袋內拿出一本雜誌。

一刻看見那似乎是本偶像雜誌，封面是某個男明星的大特寫，反正看起來就是個笑起來閃閃發亮的男性就是了。

一接過雜誌，立刻就換那名小女孩的眼眸閃閃發亮，簡直像跌入許多小星星。她的雙頰泛紅，臉上露出欣喜的笑容，甚至還抱著那本雜誌蹦跳了幾下，由此可見她的興奮程度不是一般。

不過接著，小女孩就像意識到一刻他們還在場，瞬間一溜煙地躲到柯維安身後，只留半張臉怯生生地窺覷他們。

「小白？維安說的小白是誰？他們又是誰？那個紅頭髮的妖怪，好凶、好可怕……里梨我、我……」小女孩的紫眸內隱隱又要蓄滿淚水。

「小白是我的好麻吉、好室友，還是我的死黨，就是白頭髮那位。至於紅頭髮那位，他只是表面看起來可怕……吧。總之，他們三人都是我的朋友，我們是來找老大的。」柯維安還是搞不清這裡曾發生什麼事，地板爲什麼又是一片像下過雨的濕淋，他一頭霧水地眨眨眼，「呃，小白、班代、曲九江，我可以問究竟是發生什麼事嗎？」

「發生什麼事？先不管那些根本就是唬爛的頭銜，我可不記得我哪時跟你變死黨了。」一刻臉色不善地逼近柯維安，猛地一把揪住對方的衣領，「柯維安，我他娘的才要問你是發生什麼事？爲什麼我們一上來就被一團烏漆墨黑的東西堵著，然後那東西竟然還是這小鬼變的？幹！你見鬼的爲什麼不事先說！」

「哎哎哎哎!?」柯維安看起來比一刻更震驚，「里梨不讓你們過去？但是里梨明明就最喜歡帥哥的啊！有小白你和曲九江在場，照理說你們一定能順利過去才對！」

「你傻了嗎？她喜歡帥哥關我屁事，那種稱呼只有曲九江才適合吧？」一刻鄙夷地看了柯維安一眼，鬆開手，沒想到後者又用更不敢置信的眼神瞪著他。一刻只覺莫名其妙，「靠，你眼角是抽筋嗎？」

「抽……小白你在說什麼?你明明就非常帥氣，還是我的天使，不信你可以問班代！」柯維安瞠大眼，義正辭嚴地大聲說道。

「我對柯維安的倒數第二句秉持著反對意見。」楊百罌冷冰冰地說，下一秒，她表情放鬆，輕咳一聲，「不過其他的……嗯，其他的……」

「鬼才知道你們在說什麼。」一刻沒耐心在這個無意義的話題上打轉了，沒好氣地睨向柯維安，「給你五句話解釋該死的一切，包括那小鬼的身分！」

顯然地，對此失去耐心的不止是一刻一人。

下一剎那，走廊上的日光燈全數暗下，不等所有人警戒地繃起身子，光亮又出現。

那是金色的光，金色的火焰。

多盞金黃火焰在走廊亮起，使這地方亮如白晝。

一刻和曲九江不是第一次見到這伴隨著強烈妖氣出現的金燦火焰。

楊百罌自然也感受到那股非比尋常的妖氣，她無意識挺直了背，強迫自己不要拿出符紙。對方並不是狩妖士的敵人，她曾聽一刻他們提起過，神使公會的會長是個能夠操縱金焰的六尾妖狐。

「隨便你們這群煩死人的小鬼要用幾句話解釋。」走廊最底端的大門霍然開啓了，一道矮小身影就站在那，明亮的光源將他的面龐輝映得格外清晰。

和那稚氣童聲不相符的，是那陰鷙得簡直像有人欠了他幾百萬的臉色，以及堆積在雙眼下的嚇人黑眼圈。

金眸、頭頂著毛茸茸三角耳朵的胡十炎，以風雨欲來的危險語氣說：「我已經三天沒睡了，誰再雞貓子鬼叫地吵，我就把你們的頭扭下來，塞到你們的屁眼裡去。」

第七章

胡十炎的房子相當寬敞，而且是多廳直接打通的開放式結構。除了廁所、浴室外，公寓裡的廚房、客廳、臥室，都是一眼就能看到底的。

換句話說，他將這層樓變成了一個大空間。

胡里梨沒有跟著一塊進來，一見公寓主人出來，她似乎是覺得已經沒了自己的事，抱著柯維安買給她的偶像明星雜誌，興沖沖地就往走廊的某個方向跑，轉眼那抹嬌小的身影竟平空消逝，像是不曾存在過。

對於胡里梨的存在，胡十炎只是輕描淡寫地提了一句「她是幫我接待客人的妖怪」——一刻差點就想吐槽，說他這輩子沒看過這種接待方式！

而當一刻等人隨著胡十炎踏進公寓大門，他們便知道胡十炎嚴重的黑眼圈是怎麼來的。

堆在牆邊的數個油漆桶、零亂鋪在靠壁地板的報紙，在沒有任何家具擺靠的那面牆壁上，是用油漆彩繪而出的一幅巨大少女圖案。

紫色的尖頂帽、誇張華麗的小洋裝、條紋膝上襪，還有拿在手上的蕾絲洋傘。

假使不是對方的表情太過活潑俏皮，一刻他們說不定就會認爲這是秋冬語的肖像畫了。

「怎樣？這可是我花了整整三天畫出來的夢夢露！很棒吧？棒得沒話說是不是？不用說了，我看你們的表情就知道了。」胡十炎雙手扠腰，無比驕傲地挺胸，下巴抬得高高的。如果身後現在有尾巴顯現的話，想必六條狐尾都會得意地翹起來。

「無聊。」曲九江不客氣地直接丟出兩字。

「難以理解。」楊百罌蹙著眉，對於眼前所見到的一切感到有種荒謬。她無論如何都沒想到，堂堂神使公會的會長，家裡竟然像是個瘋狂的收集倉庫。放眼望去，全是魔法少女夢夢露的相關收藏：海報、抱枕、公仔、等身立牌……可以說是多得不勝枚舉。

「放心好了，我也沒要你們理解。」胡十炎沒有因此動怒，反倒笑得一派無邪，「錯誤地表達善意還有那些焦黑的小餅乾，我猜有人的心思都放在那上面。」

沒有指名道姓的一句話，卻是簡單地讓曲九江和楊百罌的眼中掠過一瞬狼狽。

「宮一刻，我問的是你的感想，你可以理解吧？」胡十炎說。

「小白，你就老實說，快告訴老大這房間有多麼地讓人困擾。」柯維安連忙敲邊鼓，「我們公會其他人每次來都壓力很大啊，老大的興趣已經到了變態的地步了。」

「屁，明明你才是最變態的那一個。」一刻馬上一掌拍開柯維安靠太近的娃娃臉，不過他也不打算隱瞞自己的感想，胡十炎這個粉絲也當得太狂熱了，「這房間看起來實在是……」

「你一定能夠理解吧，宮一刻？想想換作繃帶小熊的話。對了，你大二時會搬到學校外住吧？我可以幫你畫一面繃帶小熊的牆，底色會挑粉紅色的喔。」胡十炎掛著天真的笑，漫不經心地說。

「這房間實在太讚了。」一刻毫不猶豫地倒戈。

「小白啊……」柯維安哀叫，「你也太快被說服了吧？」

「吵死了，維安，我和宮一刻是心之友。至於你們兩個的心之距離，大概有幾光年那麼遠吧。」胡十炎無視柯維安嘀咕著「這都太陽系外了，我們倆明明是親密無間的好麻吉」，揮揮手，稚氣的嗓音卻透出威嚴，「把你們今天上門的事說出來，我想你們應該不是單純來看我的夢夢露，雖然她真的超級可愛到沒話說的地步。」

柯維安很習慣地無視自家會長對二次元人物的長篇讚美，他迅速從超商的塑膠袋內掏出一本雜誌，雙手呈交給胡十炎。

他恭恭敬敬地說：「老大，這是最新出版的漫畫月刊，裡面介紹了夢夢露的ＰＳ３遊戲，還有彩頁，請讓小的使用這房間的情報系統。」

「准了，隨你們去用吧。」胡十炎二話不說，當即彈下手指，剎那間只見擺在客廳的書桌上覆上了一層光華。

光華飛快蓋過上頭的鍵盤、電腦螢幕，緊接著是眾多銀藍色光線往外延伸出去。短短的時間，就像是依照著螢幕和鍵盤的外形，再發展出更大的框架。

那是三面碩大的光之螢幕，呈扇形包圍在書桌前，光之鍵盤則是重疊在原有的鍵盤上，乍看之下，宛如它散發著銀藍色的光芒。

胡十炎又張手，掌心燃起一簇金艷火焰，然後那簇金色的狐火被射出，正中居中的螢幕上，火焰頓時形成烙印，鑲在光屏上，一、兩秒後隨即隱沒其中。

隨之而來的，是整座情報系統的三面光屏都浮閃白光，顯示運作開始。

「可以用了，維安，你順便幫那幾個小鬼登記一下，以後他們也能用這玩意。我去床上看漫畫，待會兒補眠，誰吵我就宰了誰。」以無害的笑容說出威脅的話語，胡十炎將客廳的空間留給幾個大學生使用，自己窩上了另一端的床。然後他再次輕彈手指，客廳與臥室被泛著淡光的障壁隔開，讓彼此都不受干擾。

另一邊，柯維安正依照胡十炎的指示，幫忙將一刻、曲九江和楊百罌的資料輸入。

「班代，再來只差妳的身分證號碼……啊，還是妳要自己來。」

「不用了，你幫我輸入即可。」楊百罌快速地報出一串數字，心中則是將方才聽見的其他人的資料牢牢記下——當然不是指曲九江。

「好，大功告成。」眼見三面光屏都出現「認證完畢」的訊號，柯維安高舉雙手，歡呼一聲，「接下來就可以進行我們的正事了，連鎖信與天使蛋！小白，你說社長已將連鎖信傳給你，你可以將信再發給我嗎？就是神使公會柯維安的那個帳號。啊，我的小心肝先借你用，這樣就不用一直登來登去了。」

接過柯維安的筆電，一刻動作迅速地進入自己的臉書頁面，同時三面光屏的其中之一也顯現柯維安的臉書。

柯維安聚精會神，一見自己的訊息欄出現紅色訊號，立即知道是一刻將信發過來了。

「喔喔，來了、來了。」柯維安雙手十指快速舞動，三面光屏登時各自躍出不同畫面。

正中央是點開的收信匣，左手邊是那封訊息被放大的畫面，右手邊則是不知名網頁的登入系統，上頭的字難以辨認。

一刻等人沒有問右手邊的螢幕是要做什麼用的，他們的注意力全放在左側的放大畫面上。

連鎖信還是一樣的內容，但是「天使蛋、天使蛋，拜託你實現我的願望」這兩行字，卻像遭受扭曲，和其他方正的字體相比，唯獨那塊顯得突兀……又詭異。

除此之外，整封訊息上都像罩著層灰霧，看起來有點模糊。比起一刻他們之前在文同會社辦中所看到的，情況變得更怪異了。

這次即使曲九江不說，客廳中的兩名神使以及另一名狩妖士，都能感受到一縷淡淡的妖氣從網頁上飄出。

「我的……天……」柯維安顯然沒料到這景象，他嘴巴張了張，旋即又甩下頭，快速穩定

心緒，「小白，你說社長稱這東西是字鬼嗎？」

「對，還說它和言靈有點像，只不過是文字方面的力量實體化。」一刻皺眉，回憶著安萬里當時告訴他們的資訊，「他也提到一般的字鬼不可能成長得那麼快，懷疑是不是有人暗中做了什麼手腳，催化它的出現。」

「了解。」知道這些對柯維安來說就很足夠了。他的手指再度飛快敲擊鍵盤，動作快得簡直像場高速的舞蹈。

隨著鍵盤劈啪地響，螢幕上的畫面也跟著不停變換，不同的光影閃過柯維安臉上，使得那張娃娃臉此刻有種意外的冷峻，看起來像是變了一個人。

一刻他們在這過程中誰也沒開口。曲九江是懶，一刻和楊百罌則明白這不是他們擅長的領域。

很快地，右側螢幕進入了一個滿滿是文字的頁面，乍看之下，有點像某種搜尋引擎。左側還是被特意放大的訊息；至於中間，則不知何時切換成柯維安的另一個公開臉書，那是他專門和一般朋友交流用的。

「果然沒錯！」柯維安忽然大喊一聲，眸內閃動犀利的光芒，但下一秒又猛然意識到自己的音量過大。想到胡十炎的威脅，他一抖，連忙扭頭望向床鋪的方向，發覺有光壁隔著，不禁大大地鬆了一口氣，「幸好沒吵到老大，我可不想被人把頭塞到……呃，屁股去。」

顧及楊百罌在場，柯維安將最後兩個字做了婉轉的修改。

……那頭被人扭下來難道就比較好嗎？一刻朝上方翻了記白眼，有時候眞是搞不懂自己這名室友的思考邏輯，脫線得偶爾會令他想到認識的某個人。

「果然什麼東西沒錯？」一刻問，將不該這時跑出來的思緒先壓下。

「就是字鬼啊，小白。我一條條說明好了。」柯維安首先指著右手邊的屏幕，「這是我們公會的妖怪情報系統，上頭記載了多到數不清的妖怪資料。感謝老大願意讓我用，不然每次想闖進情報部都很花工夫。啊，這部分請當作沒聽見吧。總之我調了一下字鬼的資料，就像社長說的，它是從大量的負面文字中產生，毀謗、詛咒，還有連鎖信，這些都是最容易造成字鬼的出現。」

「但這隻字鬼的成形速度眞的太快了，按照情報系統上說的，它並不是一、兩天即能形成。它得花上很多時間，先想辦法吸食人類的負面意念，再讓自己進入第一階段的實體化型態；而成爲實體的它，會把自己的碎片寄附在一些小東西上，藉此呑噬人類的精氣，然後再一口氣回收到本體上，讓它茁壯到成爲第二階段的完全體。至於如何辨別字鬼是否已經達到第一階段……妖氣從連鎖信中外洩，就是一種證據了。」

「現在，就連我們在這都能感受到一絲妖氣，恐怕它正開始邁向第二階段。這狀況已經跟小白你們更早之前看到的不太一樣了吧？」

「……的確。」一刻思索著，同時向楊百罌投了一個尋求確認的眼神。

「我們中午在社辦看到的，只是瞬間的扭曲，沒有維持那麼長的時間。」楊百罌將話接了下去。

「在不到一天的時間裡，字鬼突然加快成長速度，除了最初可能有人暗中動手腳外，我猜還有另一個原因。現在，確實證明了。」柯維安移動中間螢幕上的游標，他的公開臉書訊息匣正浮現著紅色數字，表示有超過十封以上的訊息尚未點開。

當網路頁面轉換之際，柯維安也發出傷腦筋的嘆息聲，「哎呀哎呀，我該說我人緣太好嗎？不過我的眞愛只有小白一人，噢，還有加上全世界的小天使，這點我可以保證！」

一刻無視柯維安的後半句話，雙眼緊盯對方的未讀訊息區，一整排看下來標題通通是——

天使蛋實現你的願望

「喂，這靠杯的究竟是……」一刻乾巴巴地說：「你收到的未免也太多了吧？」

「所以說我人緣……對不起，我這就認眞解釋。」在一刻抱胸射來一道凌厲的視線下，柯維安趕忙回歸正題，「大學生之間本來就消息傳得快，一有風吹草動，網路上馬上就有相關訊息了。天使蛋在夜間廣播節目也介紹過對吧？聽說那個節目人氣不錯，加上天使蛋的造型可愛吸睛，尤其今天白曉湘還帶了實品。這些要素綜合起來，一定是讓天使蛋的連鎖信受到更多注目的原因。我猜，現在就算說它在學生間爆紅也不爲過。」

「那樣子的話，直接跟買過的人拿商城網址不就好了？爲什麼還要那麼麻煩眞寄給二十個人？」一刻眉頭皺得更緊了。

「說得好，小白，你注意到重點了。」柯維安笑咪咪地比出大拇指，隨後迅速敲打鍵盤，「連鎖信之間的轉寄率突然暴增，造成字鬼加速成長。可是……爲什麼還要再照規定轉寄呢？只要有網址……啊啊，事情有點麻煩了。」

柯維安重重地將背靠上身後的董事長椅，伸手抓亂了本來就亂七八糟的髮鬟。

圍在他身旁的三人都看得清楚，他剛才是在和臉書上的一名朋友通訊，向對方索取了天使蛋的商城網址——對方正是寄給他連鎖信的其中一人。

然而那名女同學的回覆卻是：

咦？柯維安你還不知道嗎？你這次有點慢半拍喔。那個商城忽然變成審核制了，好像是湧入的人數實在太多的關係。站長還發出公告，表示一定要轉寄給二十個人的圖片爲證，否則不會通過審核。現在我們寢的都在哇哇叫，怨恨自己手腳太慢，因爲那個商城又放出新進的天使蛋照片，超可愛的！

誰也沒想到，只短短數小時內，專門販售天使蛋的網站竟變成了審核制度。

「虧我本來想直接買一個研究，順便摸看看那個站長的底細……用這種辦法，字鬼絕對會越長越快的啊！」柯維安抱頭哀叫，本來擬定好的計畫都被推翻了，「越難買就越想買，這下連鎖信只會被瘋狂地轉。就算我能去申請二十個一次性的信箱來假裝，問題是光等審核就不曉得要等多久了。這樣反而沒效率，估計在我買到前，字鬼都先進入完全體了啦……」

「那就讓它變完全體。」一個無動於衷的聲音說。

柯維安猛地扭過頭，瞪著一臉無所謂表情的曲九江。

「完全體就更好發現了吧？然後再滅了它，省事又方便。」曲九江微勾起唇角，眸中閃過冷酷。

「幹！省你老木啦！」就在下一秒，一刻一掌搧上曲九江後腦，當場讓那冷酷變爲惱火。

「小、白。」曲九江咬牙切齒地低吼。

「白三小？你是要人說多少次，老子的名字叫宮一刻。」一刻雙手環胸，迎視回去的眼神更凶狠，「你說那什麼屁話？什麼叫讓它完全體？你當它眞的是傻子，之後會乖乖跑到你面前讓你砍嗎？」

「說得好，小白親愛的，再多說他一點！」柯維安在內心大聲叫好，每每看到曲九江在一刻面前只能吃癟，這感覺令他相當爽快。

可緊接而來的兩道如箭目光，讓他後知後覺地發現到自己可不是只在內心說，而是眞的喊出來了……

「呃哈哈哈……剛剛說話的不是我。」柯維安乾笑一、兩聲，馬上用最快的速度閉上嘴，還做了一個發誓的手勢。

「結論就是我們沒辦法從網路抓出字鬼，可是也不能等它變完全體。」楊百罌接下了發話的主導權，她讓眼睛盡量盯在曲九江身上，這樣她就能維持一貫的高傲冷靜，不會輕易地在一刻面前亂了方寸，或者說出那些非她本意的話。

「既然如此，還是只能從天使蛋下手了。字鬼是從天使蛋的連鎖信中出現，那麼如果有人暗中催化，天使蛋的販賣者恐怕脫不了關係。我知道怎樣可以弄到天使蛋，白曉湘買了兩個，我可以請她賣我一個。」

「然後，妳會許願嗎？」曲九江宛如漫不經心地問，眼瞳中似乎有一瞬的銀光閃逝。

「……不。」楊百罌抬起頭，美眸冷淡又有種堅毅，「我自己的願望我會親手讓它實現，不用借助那種無聊的東西。」

「是嗎？那聽起來挺不錯的……」曲九江不知道爲何又扯出了一抹笑，這笑和平時的冷漠嘲弄都不一樣，就僅僅是純粹的笑意。

楊百罌隱隱覺得自己能夠明白曲九江爲何這麼問，至於最後似乎落在耳畔的一聲「姊」，她不想去探究那是不是幻覺。

「那麼，天使蛋的部分就交給我。」楊百罌的話聲甫落，另一道平靜的女聲也隨之響起。

「也可以……交給我。」

「嚇！我操！秋冬語!?」

意料之外的人聲幾乎是貼著一刻的背後出現，因此他的反應也最激烈，差點都要被那無聲無息靠近自己的身影給嚇得跳起了。

「見鬼了，妳又是什麼時候冒出來的？」一刻忍下拍撫心口的衝動，雙眼怒氣騰騰地瞪著無預警出現在胡十炎公寓的長髮女孩，「我有天眞的會被妳嚇死。」

「否定，我不是鬼……『半』也不會那麼輕易被我嚇死。」秋冬語靜靜地說，病弱文靜的臉蛋上沒有特別情緒，如同戴著面具，「還有，我剛從大門進來……這裡也是我家。」

「妳家!?」一刻頓時又大吃一驚，「也就是說妳和胡十炎那小鬼同……」

一刻的最後一字因爲突然高速襲來的抱枕而硬生生收住，他及時接下抱枕，惱火的目光射向從床鋪上跳下的胡十炎。

「我是冬語的監護人，她不住宿舍的時候當然是跟我住。」胡十炎雙手揹後，在他穿過那層障壁時，光壁也一併消失了。他仰起頭，衝著一刻笑得一派天眞爛漫，「你這毛沒長齊的小半神，要是敢再叫我一次小鬼，當心我踹你屁股唷。」

「不，老大，小白的毛已經長齊了吧？」柯維安從旁插嘴，滿臉嚴肅地說。

「閉嘴，能死多遠就給老子死多遠！」一刻鐵青著臉，手上的抱枕惡狠狠地拍砸上柯維安的臉面。

「辛苦妳幫我買東西了，小語，妳看起來不太一樣，路上發生什麼事了嗎？」不管那打成一團的兩名神使，或者說有人單方面被毆打，胡十炎挑起眉，細細打量起面前像瓷人偶的長髮女孩。

「認識新的……老大，小說和限量海報。」秋冬語剛吐出四個字，又倏地轉移了話題，將手中的袋子交給胡十炎。

倘若讓胡十炎來分析，他會吃驚地判定秋冬語的反應就像還不願與他人分享，這種人性化的情緒之前可從來不曾出現在她身上。

只是胡十炎眼下的注意力全被袋中的內容物奪去了，壓根沒有多餘的心思留意。

「海報？那張限量海報？太棒了！小語，我愛死妳了啊！」胡十炎用力抱住書局袋子，雙眼放光，甚至還雀躍地蹦跳起來，小臉滿是興奮，那模樣和他此刻的外表年齡相當符合。

不說的話，沒人會知道他其實是活了六百年之久的六尾妖狐。

「我也很愛……老大。」秋冬語輕飄飄地說了一句後，就將視線移向楊百罌和曲九江，「你們有看，新聞？」

「什麼?」楊百罌不解地蹙眉。

「新聞。」秋冬語又重複一次,「我在路上看到的,學校有人出事。」

「什——」發出這聲錯愕叫喊的是一刻,他放開柯維安,立即大步走近。

柯維安也隨後跟了上來。

「你們幾個小鬼,用情報系統不是更快?不算大事的地方新聞,最快更新的往往是網路。」胡十炎說,「維安那小子會操作,我要去和我的小說培養感情,人類間的事就別煩我。」

見柯維安已快速坐回董事長椅,胡十炎聳聳肩,又窩上自己的床鋪。這次,他在客廳與臥室間的屏障是設成不透明的,就像一堵真正的牆。

一刻等人立即靠近柯維安身邊,看見在他的操作使用下,情報系統的三面光屏分別轉換成新的畫面。

很快地,就找到秋冬語所說「學校出事」的相關報導了。

正確地說,應該是繁星大學的學生出事。

「女大生墜樓!是意外?還是情傷?」

「千鈞一髮,陳姓女學生失足墜樓,幸好只受輕傷!」

「奇蹟生還的墜樓女子!」

不同的報導,不同的標題,但說的都是同一件事。

今日中午，繁星市某大學的女學生和朋友一起到餐廳吃飯，坐的是高樓的露天座位。原本只是起身欣賞牆外的風景，卻沒想到下一秒竟無預警地跳了下去，這一幕嚇壞了在場的友人，餐廳服務生也立刻撥打一一九。

由於餐廳位在八樓，原本眾人都以為陳姓女學生定是回天乏術。但令人大感震驚的是，她居然僅受輕傷，只有輕微的骨折。

當時路過的行人剛好拍到這驚險的畫面，判斷是樹枝和遮雨棚減少了衝力，才使得那名女學生安然無事。

只見螢幕上不斷播放當時女學生墜樓的那瞬間，以及事後坐在擔架上女學生驚魂未定的表情。

「我……我不知道發生什麼事，我沒有要跳，我真的沒有要跳樓……一定是那時的風太大，我才會失去平衡……」

電視裡，女學生臉色蒼白，結結巴巴又惶恐地說。

「不止這個。」秋冬語說，「新聞下面的跑馬燈。」

頓時，眾人的目光一併下移。

「女學生險從車站月台跌進鐵軌間，幸好未釀憾事……」柯維安搶在那條跑馬燈新聞消失前，飛快地唸了出來，隨即張口結舌，「差點從月台跌下？這到底又是怎麼……我眞是呆瓜，自己找不就得了？」

柯維安一敲自己的腦袋，接著只聽到鍵盤劈里啪啦地響，接著又有新的畫面取代螢幕上原本舊的。

「是這條新聞對吧？我找到了！」柯維安直接再唸出，「本日上午繁星火車站忽然發生女學生險跌下月台的意外……當時有輛列車即將進站，在這危險時刻，是女學生的朋友及時將她拉住，才沒有造成遺憾……」

光屏上的新聞畫面，同樣停在那名女學生的鏡頭上，對方也是一臉心有餘悸又惶然的神情，看起來就和另一則新聞裡的人影如出一轍。

雖然兩則新聞都沒有點出學校校名，可是那的確是繁星大學的學生。

「餐廳墜樓的是資工一的班代，我們曾一起開過會。」楊百罌喃喃地說。

至於月台意外事件的女學生——

「我的天……白曉湘？」柯維安睜大眼，不自覺地脫口喊出那個名字。

沒錯，光屏上看起來英氣十足的短髮女孩，正是他們系上的同學，白曉湘。

可以聽見白曉湘用乾澀的聲音說：

「月台上人太多了……好像有人撞到我……」

客廳內的眾人沒有細聽白曉湘在說些什麼，他們的視線被光屏上的一處小角落攫住了。

不論是白曉湘或那名資工一的班代，她們緊抓不放的包包上，都繫掛著一個相同的吊飾。

天使蛋。

第八章

隔天中文一上課教室裡，可說是一片沸沸揚揚。

趁著上課鐘聲還未響起，多數人都在熱烈討論著昨天發生的事。畢竟事關繁星大學，尤其其中一件事件的主角還是自己的同學，怎麼可能不引起騷動？

而此刻，白曉湘正被一群人團團圍住。大夥你一言我一語，七嘴八舌地不斷向她提出詢問，只希望可以滿足更多好奇心。

「曉湘，我看到新聞了。眞是嚇死人了，幸好妳沒事。」

「對啊對啊，還好沒事，也不知道是誰撞妳的……」

「那個傢伙眞是太不應該了，警方應該調閱監視器，把那個人找出來才對！」

「曉湘，所以當時的情況是怎樣？妳知道昨天下午資工一的班代也差點出事嗎？」

「接連都是我們繁星大學的學生……總覺得有點巧合耶。」

面對著重重問題，話題中心的短髮女孩苦笑，終於趁著眾人暫歇的時候開口：

「那時月台上人很多，老實說我也搞不清楚是發生什麼事……呼，那時眞的嚇死我了……

不過，」白曉湘瞥了瞥四周，忽然壓低聲音，「有件事我偷偷告訴你們，我沒跟記者講也沒和警方說，反正講了他們也不會相信。」

「什麼、什麼？」

「快說啊！」

「那就是……」白曉湘異常嚴肅地輕聲說，「我在跌下去的時候，感覺到有股看不見的力量幫忙抓住我的手，所以我的朋友才來得及救我，否則我早就摔下去了，也沒辦法坐在這裡跟你們說話了。」

面對白曉湘這驚人的發言，圍在她身邊的同學們不由得面面相覷，半信半疑。

再怎麼說，這番話也實在太玄了。

看不見的力量？眞的可能有這種事嗎？

就在眾人沉默間，忽然有個女同學遲疑地開口。

「其實我昨天……也差點從教學大樓的樓梯摔下去。」

「咦？」

「欸？」

「眞的假的？」

這立刻又在人群中產生新的小騷動。

「我沒騙你們。下課時有些人都會用衝的嘛，我就是被那種人撞到……」那女同學苦著臉，似乎不想再回憶起昨日的意外，「那時候剛好有好幾個人跑過去，也不知道是誰……總之，我就是感覺到很大的力量撞上我，我本來會直接跌下去……」

「本來？」有人敏銳地抓到這兩個字。

「我知道這很不可思議，但我絕對沒騙人。」女同學小心翼翼地說，「那瞬間……我覺得也有人幫忙拉住我，然後我才有機會抓住旁邊的扶手欄杆，要不然情況一定會更嚴重。」

接連聽見兩人都這麼說，其他同學不免感到更加匪夷所思。

「所以說，我猜……」昨日差點跌下樓梯的女同學又說，雙眼帶著堅信不疑的光芒，「會不會眞的是守護天使守護了我們？天使蛋的守護天使。」

說著，她從自己的口袋內掏出一個可愛的蛋形吊飾，正是這陣子話題炒得火熱、在學生間引起流行的天使蛋。

「這麼說來，我昨天的確也帶著天使蛋……」白曉湘將髮絲勾到耳後，若有所思地說。

緊接著，又有另一人開口了，「我昨天在新聞上看到鏡頭拍到資工一班代的包包，她也掛著天使蛋耶……太巧合了。」

三件原本該造成更大傷害的意外，三個帶在受害者身邊的相同飾品。

剎那間，更大的騷動爆發了。

「一定是天使蛋在保護主人！」

「原來天使蛋有守護天使是真的！」

「這太厲害了，幸好有天使蛋，否則一天之內，我們學校就有三名學生出事了，這光想就好可怕！」

「可惡，我也想買一個……」

「欸欸，聽說天使蛋……」

越來越多人加入討論，班上氣氛可說是熱烈到一個極致。

天使蛋的存在，在中文一引發了轟動。

但是和這股亢奮激動的氣氛相反，有個角落卻格外地安靜。

柯維安把玩著被他揉成一團的帽子，一雙大眼睛若有所思地注視著自己的同學們。素來的古靈精怪消失，取而代之的是一抹深沉。

他沒有漏聽從那個方向傳來的任何一句話，他只知道從今天開始，字鬼的成形速度會更加倍地快。

或許一開始是有人暗中動了手腳，幫忙催化。可是現在，學生間已確定造成了熱潮，連鎖信被大量瘋狂轉寄，字鬼光從這些信裡吸食意念，就能快速壯大。

——字鬼要變成完全體，恐怕只是短時間內的事了。

「還真被曲九江說中……不過，守護天使？」柯維安瞇細眼，對這幾個字相當在意。

「當事人認爲是有守護天使保護了她們。」另一道冷漠的女聲隨即響起，楊百罌從教室的後門走進，在教室外她就已經聽見系上同學的騷動聲。

而在昨晚，這份騷動在女舍裡也沒少過。

「嗨，班代，早安。」柯維安回過頭，露出招牌笑臉，接著再指指趴在自己後方桌上的那顆白色腦袋，「小白昨晚被我抓著研究一些東西，所以他又把教室當補眠地方了。曲九江……妳知道，老師們都快把他有來上課當成撿到了。」

「雖然晚間前往男舍不合體統，但在十二點前，你們還是可以告訴我，我相信我多少也能幫上忙。」楊百罌並不在意自己雙胞胎弟弟的去向，她的美眸瞥向柯維安，那記目光似乎隱帶不滿。

柯維安正想舉起雙手，解釋自己那番行爲絕對沒有排外的意思之前，那顆趴在桌上的白色腦袋霍然抬起了。

「妳幫不上忙的，楊百罌，應該說妳得慶幸妳沒來。」一刻伸手耙梳一頭亮白的髮絲，沒戴上眼鏡的雙眸毫不隱藏地朝柯維安射出最凶惡的視線，「天殺的鑑賞大會，這混蛋硬抓著我看什麼動畫……我昨天真不該阻止曲九江宰了你的，柯維安。」

「小白，那可是可以看見小褲褲圖案的高清無修正版耶！」柯維安義正辭嚴地挺起胸膛，滿臉的正氣凜然。不過在楊百罌也投來冷酷的眼神後，他咳了咳，刮刮臉頰。

「咳咳，不是我不務正業……而是關鍵在天使蛋嘛。在沒弄到天使蛋前，實在很難下手。尤其現在還扯出什麼守護天使，這下要跟人借到一顆天使蛋估計也不容易，那些女孩子看起來不會放手的……班代，白曉湘那邊呢？」

「提了。」楊百罌望向教室中央被人群圍簇的短髮高挑女孩，「但她先送人了，她說她的特別管道暫時也沒辦法供貨給她，所以徒勞無功。」

「咦？啊啊……」柯維安發出惋惜的嘆氣聲，「現在只能等小語了，她曾說她也有辦法。要是連她也失敗，就只能考慮下下策……偷。」

最後一個字，柯維安是放輕了聲音，這可不是什麼適合在公眾場合大聲嚷嚷的話題。

楊百罌抿緊姣好的嘴唇，臉部線條緊繃。她厭惡違法的行爲，然而她也很清楚，這是逼不得已的手段，否則他們在「連鎖信與天使蛋」的事件上將會一無所獲。

明知道字鬼將危害他人，卻無法動手驅除消滅，那種感覺就像有什麼事重壓在心頭上，令人不適。

「我也……贊成。」那是輕飄飄又平淡無波的女聲，說話的是總神不知鬼不覺出沒的秋冬語。

也許是總算習慣對方的來去無聲，一刻和楊百罌的吃驚程度比以往低了許多。

不過一刻還是忍不住嘀咕：「拜託妳下次弄點聲音吧，秋冬語。」

「明白。」長髮女孩頷首，「下次改進。回歸正題……剛剛小柯說的，我也贊成。」

「我說的？等一下，小語，難道說妳也弄不到天……」意識到自己音量逐漸拉高，柯維安趕忙壓低聲音。秋冬語和楊百罌同時出現在班上，可就足以引來注意力了，「妳沒弄到天使蛋？」

「新認識的朋友有……可是，我想起我們還沒交換手機。」秋冬語細聲地說，「而且向初認識的朋友要東西……是不是會不禮貌？」

「是有點……欸欸？也就是說小語妳交到新朋友了？」柯維安慢了一拍才反應過來，「唔哇！這可是大消息，等這次任務結束馬上幫妳開個慶祝會！」

「我不反對你要開什麼慶祝會，柯維安。」一刻不耐煩地說，「問題是，根本問題還沒解決吧？就是那個他媽的天使蛋，還有那個他媽的守護天使。為什麼她們會覺得是帶天使蛋在身上才免於危險？看起來不是更像帶著那東西，才遇到……」

一刻的話聲驀然停了，他猛地抬頭看向柯維安和楊百罌。

他們三人都想到了同一件事。

進入第一階段的字鬼會利用自己的碎片寄附在一些小東西上，藉此吞噬人類的精氣，然後再一口氣回收到本體上，讓它茁壯到成為第二階段的完全體……

一些小東西……

一刻咒罵一聲，不敢相信他們到現在才發現——

他X的還有什麼是比天使蛋更適合的小東西！

□

爲什麼她們會覺得是帶天使蛋在身上才免於危險？看起來不是更像帶著那東西，才遇到……

進入第一階段的字鬼會利用自己的碎片寄附在一些小東西上，藉此吞噬人類的精氣……

這幾句話，一直在楊百罌腦海裡迴盪。

三件意外，都沒有確切的凶手。

資工一的班代堅稱自己沒有跳樓的意圖，純粹是因爲風大，才一時失衡跌下。

白曉湘和另一名系上同學都表示她們是被人推撞的，但誰也沒辦法明確指出那人是誰，她們都沒看見對方的臉。

這些意外，只是單純的意外？還是說，是因爲天使蛋裡眞的有字鬼碎片寄附？

楊百罌加大步伐，無視周遭來往人群，只是沉浸在自己的思緒裡，她正在回去女舍的路上。

假使天使蛋才是造成意外發生的主因，那麼系上那些買了天使蛋的同學很有可能會……

楊百罌抿緊唇，就是因爲知道事情的嚴重性，她才一下課就急忙趕回宿舍。她和一刻、柯維安討論過，他們系上購買天使蛋的人主要是女孩子，那麼女舍會是一個很好的目標。

偷走天使蛋，加快調查的進度！

雖然這樣做有違自己的信條，可是眼下也唯有利用這種不光明的手段了。

原本柯維安表示由他來動手，然而男孩子進來女生宿舍本身就是顯眼的事，要是當某人的天使蛋不見，也容易被列爲嫌疑犯。

既然如此，倒不如改由自己執行。楊百罌比誰都明白，她是絕對不會被人懷疑的。

忽地，楊百罌感覺到身後有輕巧的腳步聲靠近，她只當是其他也要返回宿舍的學生，直到那道熟悉的聲音傳出。

「楊百罌。」

楊百罌腳步一頓，在身後的人影與她並肩而行後，再度踏出了步伐。

對方不是別人，正是與她同寢的秋冬語。

「天使蛋，可以由我偷……」秋冬語的聲調平淡，彷彿在陳述一件再尋常不過的事，「我不是人類……不會感到罪惡感。」

「難道妳認爲我不敢動手嗎？」楊百罌冷冰冰地說，「既然那可能對人有害，可能是字鬼寄附，我就不會輕饒。妳沒必要操那種無謂的心，妳只要告訴妳神使公會的同伴，請他們不要再擅自介入我的狩獵即可，那一次已經夠讓人感到不快了。去跟那兩個和妳同樣戴狐狸面具、穿黑色斗篷的人說。」

拋下這段話，楊百罌加快腳步地走入女生宿舍裡，以至於她沒聽見秋冬語的喃喃自語。

「疑問……公會裡，並無人再和我穿同樣……」

楊百罌原本要直接拐進自己寢室所在的走廊，卻沒想到在管理員室値勤的舍監喊住了她。

「楊百罌，等一下，有妳和妳同學的包裹，妳順便拿走吧。」

「包裹？」楊百罌美麗的臉上頓露訝異，她沒聽說有誰要寄東西給她。之前的廣播節目沒成功CALL IN進去，自己向來也沒有網購的習慣，爲什麼會有人寄東西給她？

「駱依瑾和程湘婷也是妳們系上的吧？」舍監沒注意到楊百罌的驚訝，伸手翻了翻手邊的東西，再將四個包得精緻的小盒子和一本登記簿遞出窗口，「差點忘了，也有秋冬語的份。妳在這裡簽名，然後都幫我拿進去吧。」

楊百罌內心的疑惑越變越多。

從那四個盒子的包裝來看，似乎是由同一人寄出。

是誰寄東西給她、秋冬語，還有駱依瑾和程湘婷？

「我的……包裹？」秋冬語也從大門外走進來了，剛好捕捉到舍監的那句話。

「哎？秋冬語妳也回來了，不過我已經叫楊百罌先簽名了。算了，也沒什麼關係。」舍監聳聳肩，將登記簿收起，「記得幫我拿給其他人喔。」

楊百罌點點頭，將署名「秋冬語」的小盒子交給長髮女孩，自己則抱著另外三個走進旁側走廊。她方才已先瞄過，每個小盒子上，標示的寄件人地址都是胡亂編造的。

她在繁星市長大，又怎麼可能不知道哪些路是不是眞的存在？

「無法理解……老大，不會寄東西給我。」秋冬語平靜地說，「我不明白這是誰寄的。」

「我和妳有相同的疑問。我先拿給駱依瑾她們，我的份和妳的份，妳可以直接拆開。」楊百罌說完就去敲了敲駱依瑾等人的寢室房門，隨即還眞的有人開門了。

見到門外的人是楊百罌，程湘婷面露錯愕，不懂素來沒交集的班代怎會找上門。而在接過對方遞來的小盒子後，她還是一臉莫名其妙，似乎不明白現在是什麼情況。

楊百罌沒興趣在意他人的感受，一完成舍監交代的工作，便回到自己的寢室。

剛踏進門，第一眼就是看見整齊擺在桌面上的兩個物品，拆開的包裝紙和盒子則擱在旁邊。

楊百罌睜大了眼，她豈會認不出那是什麼。

蛋形的吊飾、用白布剪製而成的翅膀，天使蛋！

有人寄了天使蛋給她和秋冬語⁉

爲什麼？誰？

「盒子裡……沒有任何有署名的東西。」秋冬語說。

楊百罌仍被巨大的驚異包圍住，寢室外卻忽然衝進了兩抹身影。

「楊百罌！妳知道這是誰寄的嗎？」程湘婷抓著駱依瑾的手，氣喘吁吁地激動問著，「天使蛋……天哪！有人送了天使蛋給我和依瑾！」

楊百罌無視那些興奮的叫喊，她的目光被某項物品攫住。

書桌上，天使蛋旁被整齊拆開的包裝紙共有兩層；一層是市面上隨處可見的花稍款式，另一層則是信紙。

其中一張信紙上，有著繁星大學校徽的圖案。

那是只有在繁星大學裡的書局販售的學校專用信紙。

□

無端收到天使蛋的事，楊百罌在第一時間就傳了消息給一刻。

這也是爲什麼在晚間將近十二點的時候，包括楊百罌、秋冬語、一刻，還有曲九江，都聚集在文同會社辦的緣故。

是的，僅僅只有四人，沒有柯維安。

當然，這並不是那名娃娃臉男孩無故缺席。而是在這之前，他發生了一點小小的意外。

就連一刻都沒想到，只不過在短短幾小時裡，柯維安就有辦法把自己弄到醫院去。

那傢伙眞是個他X的天才！只要一回想起自己當時收到的簡訊，一刻就難以抑制想要扭斷室友脖子的衝動。

原來大約在晚上六、七點時，柯維安宣稱自己要去外面透透氣、散散步，然後過不久，一刻就收到對方傳來的簡訊了。

「欸嘿，不好意思啦，小白，人家現在不小心在醫院了。因爲這樣這樣、那樣那樣的原因，所以我會努力在十二點多趕去跟你們會合的，愛你唷！」

愛他老木啊愛！爲什麼有人有辦法因爲貪看嬰兒車裡的小嬰兒，一時忘記自己是站在馬路中間，也沒有留意周遭是不是有來車，結果剛好被冒失忘記打開車燈的汽車駕駛給撞上！

偏偏那名駕駛還正好是他們中文系的女助教，責任心強，但容易緊張，在系辦時常可以看見她爲了點小事慌得團團轉。於是就演變成柯維安被載去醫院掛急診、照X光，強迫靜養的狀況。

即使柯維安強調自己真的什麼事也沒有，女助教還是堅持他一定要在醫院留宿一晚，在他的監護人來之前，她都會留在病房裡幫忙照顧。

這也就是爲何柯維安無法在第一時間脫身趕回來的原因。

本來一刻看見柯維安人在醫院的訊息時，還忍不住擔心了一下——雖然神使有神力在身，傷口短時間內就能復元，但要是弄到上醫院，一定是挺嚴重的傷勢吧——不過在一瞧清事情發生的原因後，他立刻毫不猶豫地將那份擔心扔到天涯海角，順道用最快速度回了一封簡訊。

「你就儘管躺在那吧，然後治治你那無可救藥的腦袋！」

這種說出去給十個人聽，十個人都不會相信的荒謬事，柯維安就是有法子做到！

「那個白痴……」一刻嘴上罵歸罵，但還是再傳了封訊息通知柯維安，他們現在集合在社辦裡，等十二點一到，就要照網路流傳的消息，試著召喚出天使蛋的守護天使。

根據傳聞，只要在看得見月亮的午夜十二點，對著天使蛋默唸「天使蛋、天使蛋，拜託你實現我的願望」，就有可能看到守護天使的出現。

和其餘學院或教學大樓不一樣，社團大樓雖說也會在十點半一過就放下鐵捲門，封住樓梯間的出入口，但是它的旁側其實還有一扇小門。唯有社辦在這棟大樓裡的各社團社長才擁有小門的鑰匙。

那是爲了讓社團碰上重要事情時——例如社團評鑑、成果發表會——可以在社辦裡熬夜趕工用的。

一刻他們就是利用那把鑰匙，才能進入社辦內。

就算有警衛巡視，也只會以爲又有哪個社團要在這裡熬夜了。

「不用……擔心。」平靜悅耳的女聲響起，坐在一旁的秋冬語開口，「小柯常常這樣，他會選那時候散步……也是觀察到那裡最常有嬰兒車經過……要吃飯糰嗎？我可以分你一個。」

「不用，謝謝。」一刻摘下眼鏡收起，抹了把臉，心中連千分之一對柯維安的關心也消失得無影無蹤了。瞄下手機上顯示的時間，確定在幾分鐘後就要十二點，他站起來，「天使蛋準備好，我們等等可以開始了。」

接著一刻走到長沙發前，不客氣地踢了又將這處佔地爲床的鬈髮青年一腳，「起來，曲九江，你還眞當這裡是你房間嗎？」

「……麻煩死了。」曲九江睜開那雙已經被銀色覆蓋的眼眸，像是厭煩地嘖了一聲，但還是坐起身，伸手耙過一頭微鬈的長髮，「那個垃圾字鬼出現了？可以燒了？」

「先燒燒你那顆腦袋吧。」一刻給了自己神使一記鄙視的眼神，隨即望向將兩枚天使蛋擺立好的楊百罌，再望向已經解決袋內所有宵夜的秋冬語——他還是搞不懂，那麼一個秀秀氣氣的女孩子，是怎麼將那些分量多得令人瞠目結舌的食物轉眼吃光？

按照擬定的計畫，兩個女孩站在天使蛋前，一等時間正好到十二點整，立刻依照著網路上的傳聞，閉眼對著天使蛋喃唸。

「天使蛋、天使蛋，拜託你實現我的願望。」

當兩聲分別冷淡和平靜的嗓音落下，兩枚蛋形吊飾仍靜靜立於桌上，什麼事也沒發生。文同會的社辦裡一點異常也沒有，安安靜靜的，不再有其他聲音出現。

一刻眉頭擰起，但就在他心中湧上失望的瞬間，一陣含糊如同嘶啞說話的聲音平空響起。

天使蛋、天使蛋，拜託你實現我的願望……

啊啊，我會實現的……就在今天！

什──一刻一驚，卻沒想到一抬頭，會見到楊百罌和秋冬語露出一絲茫然，接著伸手各抓過桌上的一枚天使蛋，就要無意識往外走。

「楊百罌！秋冬語！」一刻變了臉色，馬上厲喝一聲。

那聲音就像雷響，頓時讓兩個女孩霍然身子一震，臉上的茫然也在剎那間煙消霧散。

「小白，我……」楊百罌一眨眼就回過神，她的臉上迅速覆上嚴厲的表情，「這東西有古怪，簡直就像有什麼……在呼喚我們出去。」

「幹！字鬼的碎片果然在這裡面嗎？」乍聽楊百罌的話，一刻心裡的驚疑加劇。可下一秒，他瞥見曲九江臂上紅光瞬閃，竟是要一把火燒盡天使蛋。他不由得咒罵對方那令人可恨的反射動作，連忙猛力扯住對方的手臂，同時果斷大喊，「秋冬語，剖開那兩顆蛋！」

「謹遵……命令。」輕飄飄的嗓音尚未完全落下，一道迅捷白光已從上劃分開一枚天使蛋，旋即再由左至右揮劃而過。

秋冬語的洋傘突刺如利劍，轉瞬間，桌上的蛋形吊飾一個成了四等份，一個被從中剖成兩半。

而不論哪一個，從它們的中心處赫然飄升出縷縷詭異的黑氣。

那是什麼？

這念頭剛閃過眾人心中，黑氣就起了變化。它們快速凝聚出一個形體，似人身，背後還在飄晃的部分就有如一對張開的翅膀。

乍看之下，就像是……守護天使！

隨著這個字眼重重地砸進一刻腦海，那兩抹肖似有翼人影的黑氣發出了高亢的尖鳴，簡直像是鳥類瀕死前的喊叫，淒厲又尖銳。緊接著竟是迅雷不及掩耳地竄飛至門外，一晃眼就要沒入夜色之中。

「追！」一刻眼中閃過厲芒，不假思索就拔腿衝出，左手無名指同時浮現一圈橘色花紋。

抓握住平空出現的細長白針，一頭炫目白髮的男孩一個箭步躍上走廊外側的圍牆。那明明就是三樓高的高度，他卻無視地一躍而下，臉上沒有一絲害怕，只有凶猛的神采，宛如一隻準備大肆狩獵的狂獸。

假使這時候有人正好經過社團大樓，不經意地仰頭往上一看，那麼一定會震驚地瞠大眼，眼中倒映出四條快若鬼魅的身影——

第九章

一刻的動作飛快，沒有費心在意另外三人有沒有跟上自己，他知道對方一定會跟上。

由於是深夜時分，繁星大學內自然人煙稀少，尤其一些沒有路燈照映的道路，更是暗得像有一團漆黑怪物盤踞在那。

也不曉得那兩道形似有翼人的黑氣聚合體是想要甩去身後的追蹤者，才特意挑這些路好掩飾行蹤，抑或是這裡原本就是它們要前往目的地的必經之路。

假使換作一般人，眨眼間或許就會追丟了那兩道黑氣。然而一刻他們並非一般人，異於常人的力量讓他們能精準地捕捉到黑氣的動向。

一刻有種感覺，這些黑氣就像是要趕到某個地方集合。因此他示意其他人先按兵不動，只要緊追在後即可。

隨著黑氣快速前進，彷彿有目的般地左彎右拐，不消一會兒，一刻他們就發現自己一行人離開了繁星大學，並且離校園越來越遠……

一刻注意到他們已經進入市區，不禁咋了下舌。就算平日繁星市在這種時刻幾乎萬籟俱寂，街上難以再見人影，但偶爾還是有少量車輛經過。他們四人太過顯眼，萬一被不相關的人撞見了，只怕會惹來不必要的麻煩。

想到這裡，一刻眼神一凜，迅速從口袋中掏出一捆白線，扯下一截。這古怪的動作自然沒有逃過曲九江的視線，他緊盯著一刻，隨後看見對方將白線往上拋。

奇異的事發生了。

白線就像被注入某種意志，直衝高空，自動接連成一個圓。那圓瞬間漲大，將一大片區域圈圍住，接著四周景物似乎產生疊影，又像是什麼也不曾發生。

但曲九江清楚得很，那可不是他的錯覺。

那名白髮男孩的動作，看起來和另一名室友B曾做過的有著異曲同工之妙，只是一人是用白線，一人是用筆電裡跑出來的金色字符。

「那是什麼？」曲九江冷不防問了。

「什麼什麼？」一刻一顆心都放在緊追黑氣這件事上，那道無預警響起的低沉嗓音差點讓他嚇了一跳。

「你剛做的。」曲九江不喜歡重複自己的話，不過這時候他不介意拿出一點耐心，「你扔了線上去。」

「對，我是……等等，我以為你該知道的。」一刻慢了一拍，終於意識到曲九江在指什麼，「柯維安那小子不是也做過嗎？」

「那是……神使專用的結界，可以預防現實中的物品遭破壞，也可以……預防不相關的人闖入。」秋冬語的嗓音插入。她也不是神使，可和柯維安互為搭檔，自然也明白這些事，「每個神使的媒介不同，小柯是筆電……」

「我的則是線，因爲我的神力是織女那丫頭……我操！曲九江，針線組是怎樣？有礙到你嗎？你再擺那種眼神，當心老子把你戳成篩子！」一刻惡狠狠地瞪向身旁青年。

曲九江無視那凶惡的視線，他的神力是一刻給予的，他只想知道一件事，卻沒想到會有人和自己一樣同時開口。

「我也有嗎？」

「他也有嗎？」

幾乎異口同聲說話的人是曲九江和楊百罌。

似乎意外於自己竟和對方同步，兩人找不出相似之處但同樣端正的面孔上，不約而同都露出嫌惡的表情。

一刻再次深深體會到，他們果然是雙胞胎。

然而，那個問題也問倒他了。

「我不知道，我也只是『半』而已。」一刻眉頭緊皺。作爲神使的神使，他並不知道曲九江會有哪裡和一般神使不同。不，甚至在更之前，他其實也沒把握眞的能收曲九江當神使……

他只是豁出去賭賭看罷了，只是沒辦法對那細小的聲音視若無睹。

「你或許會像我另外兩個朋友。他們也不是正規神使，沒辦法用結界，不過武力值和靈力值可都爆表。」一刻沒發覺到自己在提及「朋友」時，語氣裡有著一份自豪與驕傲，唇角還不自覺地勾起笑。

但曲九江和楊百罌都留意到了。前者微瞇起眼，好勝的鋒芒一閃而逝；後者則是忍不住猜想，那兩位朋友就是時常和他以手機聯絡的人嗎？

「事情結束後……可以問小柯的師父。她很聰明，什麼……都知道……」在這份沉默中接下話的是秋冬語。

這也讓一刻倏然意識到，自己到現在還沒問過柯維安的神是誰。

那名娃娃臉男孩平常對他死纏爛打，對自己的事卻幾乎隻字未提。一刻得說，他忽然覺得有點火大了。

很好，要是那小子之後還再繼續神神祕祕的，他絕對會讓對方成為神使公會的第一位熊貓神使！

——同一瞬間，正試圖溜出醫院的柯維安無端打了一個大噴嚏。他茫然地揉揉鼻子，然後將這歸咎於是他家小白在想他了。

將擬定好的未來計畫壓進心裡，一刻捕捉到前方和他們保持一定距離的黑氣突地往右猛然一拐。

要不是一刻他們盯得緊，說不定就要錯過這一幕了。

一刻心中莫名有種預感，他們就快要接近那兩道黑氣的目的地了，他立即向秋冬語比出一個手勢。

「秋冬語，妳從另一邊包夾。」

「明白……」秋冬語應允的話聲猶在耳邊，但那抹纖細身影已然飛快消逝。

剩下的一刻、楊百罌、曲九江維持原來的路線，他們迅疾無聲地穿過街道。

在結界的作用下，四周不見人車，簡直像一座被區隔開的空城。

一刻認得黑氣拐進的這條路是東城街，更前方有座東城公園。之前給柯維安載的時候，他們常常經過這裡。

柯維安說這是抄近路的捷徑——嗎啦！現在想想，那只是因爲公園裡常有家長帶小孩散步的關係吧！

一刻不禁再次鄙夷自己的室友居然還用那種光明正大的理由唬爛他，同時也發現到他們就快跑出結界的範圍了。

就在一刻想著要不要重架結界的瞬間，黑氣竄進了被黑暗籠罩的東城公園內。

一刻和楊百罌、曲九江一併追進。

白日看起來明亮乾淨的公園，一進入照明路燈似乎故障了的夜晚時分後，便顯得格外令人不敢靠近。林木和遊樂器材遠看就像黑漆漆的怪物，靜悄悄地蹲踞不動，彷彿有人接近，就會一口將之吞下。

針落可聞的死寂中，有時風吹動枝葉，會帶出一波波的沙沙聲，更令原本詭譎的氣氛再添一絲陰森。

黑氣的路線看起來不像胡亂打轉，而是有著目的地。

它們穿過公園正面入口，通過了那些林立的遊樂器材，最後來到中央的寬敞空地後，終於停下不動。

就算公園一片漆黑，但憑藉著月光以及自身妖力、神力或是鍛鍊出來的眼力，一刻等人仍足以觀察到兩抹黑氣的動靜。

一刻做了個手勢，示意同伴們各自找個位置，藏起自己的身影。

由於有黑夜做掩護，所以眾人並沒有特意躲於高處。

選定位置，三雙眼睛瞬也不瞬地凝視廣場中央。

出乎意料地，來到此地的黑氣反而再無其他動作，一動也不動，那模樣更像是在，等待。

它們在等什麼？等誰？

疑問掠過一刻心頭，他下意識想開口詢問，下一秒卻又意識到那個總是嘰嘰喳喳、讓人不得安寧的娃娃臉男孩，此刻並不在身旁。

一刻惱怒地彈了下舌頭，絕對不承認自己竟然開始習慣身邊有柯維安的存在。

眞是的……那小子眞的有辦法趕過來嗎？心中剛這樣想，一刻隨即再爆了句無聲的髒話。靠靠靠！他根本忘記通知柯維安他們現在在哪裡了！

一刻忍不住想打自己額頭一下，他嘆口氣，抱持著不管來不來得及，還是先通知的念頭，謹愼地拿出手機，避免螢幕光芒外露，迅速傳出訊息。

接著，一刻也發現，公園裡尚未見到秋冬語的蹤跡。

她還沒找到這公園來嗎？皺著眉，一刻暫時壓下對秋冬語行蹤的納悶，再次全神貫注地直視前方。

就在寂靜壓抑的氛圍中，倏然間，從廣場空地的多個方向隱約有黑影靠近。

一道、兩道、三道……越來越多黑影慢慢走向空地。

隨著距離越來越近，也能看出那竟是眾多的人影。

彷彿是在等候這些人的到來，就在最前端的人影接近空地中央之際，原先熄滅的路燈霍地閃閃滅滅，隨後環繞在廣場空地外圍的路燈一盞盞亮起，水銀色的光芒將原本被黑暗籠罩的公園腹地映照得明亮無比。

同一時間，自夜空中有什麼東西急竄落下。

那是另一縷黑氣，看起來和先前兩抹沒什麼不同，然而，它的正中心，赫然是幽藍的焰火閃爍。

*那又是什麼？*新的疑問湧上心頭，但一刻沒忘記在燈光大熾的剎那，快速躍上鄰近樹上，利用濃密的枝葉藏身，以免身形輕易暴露。

待自己隱藏好，他反射性搜尋了楊百罌和曲九江。他一下就發現楊百罌，對方就在他的斜對角處，同樣隱身樹中。

似乎是感受到一刻的視線，那名褐髮女孩做了一個手勢，表示自己也看到他了。

只是一刻的視野內，卻沒有發現曲九江的身影。

那傢伙是藏到哪去了？據說笨蛋和驕傲的人都喜歡站在高處……一刻準備仰頭尋找，但從後方猛然傳來的體溫讓他的寒毛直豎，背脊一繃，左手無名指閃現花紋，抓住從虛空中出現的白針就要先斬再說。

假使對方沒有先開口的話。

「我猜，反射性會攻擊人的可不是只有我，小白。你要是劈出這一針，我們就可以先開始神與神使的內鬥了。我不介意，我會注意別弄死你。」

那聲音傲慢低冷，又像某種布料輕輕滑過。

一刻必須用盡全身的力氣緊握白針，手背上青筋都冒了出來，否則他一定會毫不猶豫地往後方送出一針，同時傾倒出大量髒話。

深呼吸，宮一刻，你不能眞弄死自己的神使，想想你當初都忍耐過織女那丫頭的摧殘了……殘他老木啊！他X的他爲什麼不能弄死曲九江！

一刻扭曲了臉，神情猙獰，但總算微弱的理智線勒住了他，使他懸崖勒馬，只是轉過頭，而不是將抓在手裡的武器狠狠往身後人的身上開一個洞。

一刻明白要是他眞弄死自己的半妖神使，絕對會成爲大新聞，然後在碩陽讀書的那兩人鐵定百分之兩百會衝過來。

不能讓這種事發生，他向那兩人保證過會安分的，向他最重要的那對青梅竹馬。

就是這個念頭令一刻保持住最後的冷靜。他深呼吸了一下，然後殺氣騰騰的眼神像刀子般朝曲九江甩了出去。

已經展現妖化特徵的紅髮銀眸青年哪裡不藏身，居然找了和一刻同樣的位置。幸好樹上的空間還足夠，塞得下兩名成年男性的身軀。

「你爲什麼要躲來這裡？」一刻用氣聲問，沒有以髒話當開頭語和結束詞，但每一字都散發出暴怒的氣息。

這聽在曲九江的耳中，更像是「你靠杯的、該死的、見鬼的爲什麼要躲在這裡？」，不過他無視了那句問話。

「讓開些，小白，不要擋著我的視線。」曲九江傲慢地說，「注意力集中些，你不想錯過那些傢伙的動靜吧？」

幹！這傢伙眞的很懂得惹人嫌！一刻攢緊拳頭，凶戾地厲了曲九江一眼，強迫自己重新轉回視線。

現在最重要的事，的確是仔細留意樹下那些傢伙的動靜。

那些無端聚集在公園中央廣場的人們，有男有女，清一色都是年輕人。

然而一刻可不會認爲底下的那些人，是哪來的學生要舉行什麼夜遊活動。不會有人是閉著眼睛來夜遊的，說是夢遊還差不多。

沒錯，閉著眼睛。

現在有明亮路燈的照射，一刻看得相當清楚，那一大票年輕男女都是雙眼閉闔，臉上什麼表情也沒有，彷若置身在一種無自覺的狀態中。

除此之外，這些人還有著一個共通點，天使蛋。

他們的手裡都拎著天使蛋。

一刻頓時想起之前秋冬語和楊百罌碰上的事，她們當時喃唸完「天使蛋、天使蛋，拜託實現我的願望」後，就像被懾住了心神。如果不是一刻的大喊聲讓她們回過神，她們便要像受到不知名力量的召引，離開文同會的社辦。

看樣子，廣場空地上的這些人都是被天使蛋迷惑了，進而在這個時間前來此處。

冷不防，一刻在下方人群中驚見一抹顯眼的存在。

那是……一刻瞳孔微縮，看見那曾令他印象深刻的挑染金髮，還有手臂上的刺青。

「張亞紫？」曲九江也注意到了，他嘲諷地扯開唇角，「那個莫名其妙塞工作給我們的女人，自己反而大意地栽進去了嗎？」

聚集在底下空地的人群，自然不會知道有三雙眼睛在監視著他們，他們一個個站定不動，接著高高舉起手中的天使蛋。

「天使蛋、天使蛋，拜託實現我的願望……」

「天使蛋、天使蛋……」

「……拜託實現……」

從那些宛如陷入夢遊狀態的年輕男女口中，赫然吐出此起彼落的呢喃聲。那些聲音高高低低，時而含糊時而清晰，時而又像匯聚在一起，宛如一場怪異的祈禱。

緊接著，奇異的事發生了。

一刻屏住氣，映入在他雙眼中的畫面，是全數的天使蛋開始竄升出一縷縷黑氣。

那些黑氣就像是一個個有著翅膀的人形，外觀和一刻他們追逐過來的那兩抹黑氣沒兩樣。

瞬間，包括最先到達的兩抹黑氣，所有黑氣又改變了形狀。它們擴散開來，以散發幽藍焰光的黑氣為中心，先是扭曲、延長，隨後變成一行又一行的黑色文字。

一刻張大眼，所有文字都是「天使蛋、天使蛋，拜託實現我的願望」。

它們像綵帶似地在空中飛快流竄轉動，一條繞著一條，轉眼間，難以計數的文字和散發焰光的黑氣結合為一體，堆疊出更大的身形。

「它」有著人形的軀體輪廓，可是雙腳形如巨大鳥爪，粗壯結實，背後收攏著一對同樣由文字組成的翅膀。而在臉孔部分，有著一張尖銳鳥喙，外貌說有多詭異就有多詭異。

一刻一眼就明白那是什麼。

「進入第一階段的字鬼會利用自己的碎片，寄附在一些小東西上，藉此吞噬人類的精氣，然後再一口氣回收到本體上，讓它茁壯到成為第二階段的完全體……」

那是已經進入完全體的字鬼。

凝聚出形體的字鬼浮立在半空中，應該是眼窩的兩個位置猝然亮起兩簇幽藍詭譎的火焰。隨著火焰亮起的瞬間，背後的一對翅膀也猛然伸展至最大。

字鬼無預警地扭過頭，在夜間發出一聲凶暴的咆哮：「給我出來！偷偷摸摸的小蟲，不要以為我不會發現！」

操！還是被察覺到了嗎？

聽見那聲吼叫，一刻第一時間想到是他們幾人的行蹤暴露了。可是就在下個瞬間，他驚異地發現到，字鬼吼去的方向並不是他們藏身的位置。

相反地，那個有著詭異外貌的妖怪，兩隻火焰之眼直視著那群手拿天使蛋的人們之中的一抹身影。

它看的是誰？

「小蟲？這眞是有創意的稱呼。不得不說，我還是頭一次聽見有人這麼喊我。」人群中一名高挑女子忽地睜開眼，一雙勾揚的鳳眼清明得很，哪裡有一絲茫然。

她膚色偏深，兩腕上有著奇特的暗青色刺青，長長的髮絲束成高馬尾，末端挑染成耀眼的金黃。在一票年輕男女中，她的存在如此突兀。

沒有一般人見到字鬼時會有的驚惶，張亞紫露出了宛如肉食性動物狩獵時的危險笑容。

「長這麼大的字鬼還眞是罕見，這麼多年來我可是難得見到。好了，小鬼們，人家都發現我們的存在了，要有禮貌地回報對方才行。不要浪費時間，動手！」

一刻反射性以爲他們社團顧問口中的人是指自己三人——她爲什麼會知道他們的行動、他們的存在？她的說話方式簡直就像她見識過許多妖怪，她眞的只是人類嗎？——可是卻沒想到緊接在那聲狂放大喝之後的，竟是另一道女聲劃破了深夜。

那是楊百罌以外的女孩子的聲音。

「欸欸欸？我們也被發現了嗎？可是我覺得我們藏得很好，比較像妳故意說給字鬼聽的……唔啊，不管那麼多了！反正先動手就是了吧？」年輕悅耳的女孩嗓音居然是從高處傳來。

字鬼大吃一驚地仰高頭。

在那些亮起光芒的其中一盞路燈上，不知何時佇立著一抹嬌小人影。

普通人類是不可能站在那裡的。

藏身在樹間的楊百罌驚詫，她聽過這個聲音，難道說……

「這種小事……當然沒問題！」說時遲、那時快，發出活力大喊的嬌小女孩迅速自路燈上躍下，彷彿無視那超過一層樓的高度。她的身上裹著漆黑的斗篷，衣角就像翅膀飛掀，從斗篷下探出的一隻纖細手臂，更是快速地朝空中做出一個潑灑的動作。

與此同時，公園某處也閃掠出另一抹身影，與嬌小女孩相比，格外地修長高挑，從斗篷下探出的手臂則是明顯屬於男性擁有。

他的動作和女孩一致，一樣朝空中潑灑了什麼，透明的液體在燈光的輝映下閃閃發亮，宛如無數碎星。

那是水。

所有人的目光都被空中的水吸引了注意力。

他們爲什麼要攜帶小型的礦泉水瓶灑水？楊百罌訝異極了，她注視著那些在空中劃出美麗弧度的水流，旋即吃驚地發現，那些水不但沒有遵循地心引力往下墜落，反而連結成一個圓，往上高衝。

轉眼間，楊百罌看到了水流擴大，以及四周景物出現轉瞬的疊影。她登時明白，與一刻、柯維安做過的一樣，只不過那是由水作爲媒介的結界！

當周遭景物產生錯覺般的疊影之際，一高一矮的斗篷人影也落地了，不再隱匿身影。燈光下，他們兩人的面孔都被奇異的狐狸面具罩住，唯有體型說明了他們的性別。

曲九江見過那裝扮，就和秋冬語有時會做的打扮一樣。還有那兩人方才的舉動……他們是神使公會的神使。

「跟那個室友B來自一樣的地方嗎？」曲九江瞇細眼，銀眸有著蠢蠢欲動的好戰，「既然擺明是來搶任務的，也用不著手下留情了，對吧？」

罕見地，曲九江並沒有聽見一刻的咒罵，例如「你的腦袋不能裝點攻擊別人以外的東西嗎」，他不禁狐疑地瞥向身旁。他看見白髮男孩雙眼睜大，錯愕和不敢置信的情緒交雜，就像難以接受會有其他神使突然出面插手。

「討厭的味道、惹人厭的味道……」面對突如其來露面的兩抹狐狸面具人影，字鬼的鳥喙中發出嘶啞的聲音，兩簇幽藍之火搖晃得更厲害，「神力的味道！吃了你們、吞了你們，我的傀儡，殺了他們兩個，還有那自以爲聰明的雌性人類！成就我的茁壯！」

字鬼的嘯聲高亢尖銳。

除了張亞紫，所有帶著天使蛋的人們忽然受到一縷縷黑氣包圍，纏繞住他們的四肢。

然後就像被外力拉扯的懸絲傀儡，他們的手動了，他們的腳動了——他們齊刷刷地轉過頭，分成三路圍撲向張亞紫和另外兩名狐狸面具人影！

「哇！怎麼妖怪老愛來這招啦，它們就不能親力親爲嗎？不要老是把一般人扯進來啦！」嬌小人影見此景忍不住哇哇叫。

相較之下，她身邊的高個人影相當沉穩冷靜。

「我比較吃驚的是妳用對成語了。」就連狐狸面具下傳出的聲音，也平淡得不可思議。

「哥！」嬌小人影氣急敗壞地跺腳。

同一時間，離人群最近的張亞紫率先受到攻擊。

雖然那些年輕人手上沒有武器，但顯然想用自己的手指撕扯對方，將她抓得皮開肉綻，最好鮮血淋漓、不成人形。

「嘖嘖，太心急的毛頭小鬼可不會受歡迎唷。」張亞紫不驚反笑，她仍表現得一副閒情逸致的模樣，將雙手插於口袋，高瘦的身形連連敏捷退避，每每令那些抓來的手指撲了一個空。

「閃邊去，憑你們還不夠格靠近我。」張亞紫露出凶猛的笑容，隨即一腳像鞭子似地橫掃，接連踹倒數人。

「狂妄自大的人類！在我等妖族眼前，也敢談夠不夠格？」驀然，一道尖銳嗓音在張亞紫背後響起。

張亞紫還來不及轉身，另一邊的嬌小人影已看得清清楚楚，字鬼就在對方後方，正張開尖尖的鳥喙，吐出一縷縷像絲線的黑氣。

「亞紫小姐！」嬌小人影急著趕往救援，奈何另外兩撥年輕男女圍住了她和她的兄長，使他們倆無法及時突破重圍。

就在這看似千鈞一髮的瞬間，冷澈的女聲破空落下。

「汝等是我兵武，汝等聽從我令，疾雷！」

平空射來的多張符紙停在字鬼頭頂，銀光閃爍，瞬間雷電迅烈劈落。

假使不是字鬼驚覺危險，銀白色的小型光雷就要落在它身上了。

「誰！又是誰！」字鬼略顯狼狽地退至安全範圍，惱怒又警戒地拔高嗓音。似乎受到它的情緒影響，那些像傀儡被操縱的年輕人也停下了動作。

「繁星市是我楊家狩妖士的地盤，敢來撒野爲害的妖怪，一律殺無赦。」和這道冷冰冰的聲音同樣，聲音的主人是個外表冰冷艷麗的褐髮女孩，一雙美眸像覆上了寒霜，手中抓握著一排攤展開的符紙，如同摺扇。她接著又往別的方向瞥視一眼，「一再妨礙我工作的人，我也不會客氣。」

很明顯，楊百罌最後一句話是針對那兩抹狐狸面具人影。她還記得前幾日的事，這次說什麼也不會再讓別人阻撓。

她不管張亞紫是打什麼主意，爲什麼會認識神使？爲什麼找了神使，又把這件事丟給他們？她只知道，消滅字鬼的工作，會是由她和一刻、曲九江來完成！

「哎？哥，那位不是……」嬌小人影看起來也還記得楊百罌，只見她急忙扯著身旁人的斗篷一角。

「我有眼睛，我看得出來。」高個子人影淡然地說。

神使，還有狩妖士，字鬼哪可能不知道這兩個字詞代表的意義。

即使稱呼不同，但兩者所代表的意義都是相同的——他們都是專司狩獵妖怪的可恨存在！

字鬼不會愚蠢得單獨和這些人硬碰硬，就算它能操控那些帶著天使蛋的年輕人，可是那些傀儡想必也抵擋不了多久。

既然如此，它得要有更強大的力量，它知道更多攜帶天使蛋、受它召喚的人們都還在路上……

字鬼眼眶中的幽藍火焰倏然熄滅了一簇，它那由漆黑文字組成的身軀猛然撕裂開一部分，轉眼間便化爲一隻體型較小的字鬼，疾速飛竄向另一方。

這一幕怔住了廣場上的眾人，卻讓一刻終於猛然回過神。

「幹幹幹！爲什麼他們——」

「他們」指的是誰？曲九江無法得知，因爲就在這瞬間，一道輕巧的聲音搶先插入。

「這裡交給你，曲九江……小白和我，去攔截另一隻字鬼。它想要去吸收那些還沒到這的天使蛋持有者的精氣……」

優美但缺乏起伏的女聲還未完全落下，一刻就感覺到有什麼霍然勾住他的手臂，將他飛快往後拽。

一刻的身體往下跌落，大睜的眼瞳倒映入熟悉的華麗誇張身影。

穿著魔法少女夢夢露裝扮的秋冬語以洋傘的傘柄扯落一刻，不待他落地，一隻蒼白的手臂即刻以與纖弱外表不相符的力氣接攬過他的腰。

一連串的動作都在刹那間完成。

一刻只來得及思考「靠杯，不是吧？秋冬語到現在才來是因爲跑去換那套衣服嗎⁉」這件事，緊接著就被人不由分說地強制帶離了現場。

曲九江沒有追著自己的神過去。一來是他知道秋冬語不可能會危害一刻；二來是他聽見那個陌生的女性神使說：「咦？哥、哥，我好像聽見什麼……」

戴著狐狸面具的嬌小女孩就像在搜尋般東張西望，似乎是聽見了那來自樹中的咒罵。

曲九江沒忘記一刻方才也多留意了那兩個狐狸面具人影，他很好奇那兩名神使有什麼特別，可以吸引到對方的注意力。

曲九江慢慢扯開饒富興味又冷酷的笑意，修長的身影不再隱藏地竄躍而下。

「看起來非常有趣，也讓我加入如何？」紅髮銀眸的高大青年懶洋洋地說，他手臂上赫然環繞上一圈圈的灼灼烈火。

同時，一身驚人妖氣不再收斂地釋放了出來。

第十章

驟然闖入的新一抹人影就如同催化劑，當即便打破了廣場空地上的膠著。

「妖氣？我的同胞，快和我一起聯手，殺了這些可恨的存在！」字鬼心中大喜，縱使不明白怎麼會有陌生妖怪忽然現身插手，但它立刻拉攏對方，好增強自己這方的戰力。它堅信對方一定會和自己對抗妖怪的共同敵人，神使和狩妖士！

然而字鬼作夢也沒想到，那名紅髮銀瞳的青年只給了這麼一個回應。

「雜碎，你說誰是你同胞？」曲九江的眼中戾光一晃，臂上烈火驟成巨大箭矢，迅雷不及掩耳地瞄準向字鬼，「你沒聽清楚這是誰的地盤嗎？楊家的土地，你也敢來犯？」

「什、什——」這番宣言大大震驚了字鬼，它萬萬料想不到，對方居然會和那個狩妖士有關係。

這不可能，這太愚蠢了！妖怪怎麼可能會聽從狩妖士的話！

字鬼眼眶中的藍焰加劇燃燒，身體在紅蓮火焰衝來之前，就崩解成一串串的文字。

失去攻擊目標的火焰在曲九江一握五指後，便剎那消逸。

那些長條如綵帶的文字在流轉、在徘徊，下一秒竟分散多方，再各自凝聚出全新的形體。

比最初的體型小一號，但外貌如出一轍的字鬼，一隻隻出現了。

那些在眼眶中晃曳的幽藍火焰，在偌大的公園廣場上宛若一盞盞不祥鬼火。

眼見局面大爲改變，嬌小的狐狸面具人影像是有些緊張，「哥，現在怎麼辦？妖怪變得不止一隻，其中一隻好像和那個冰山美人有什麼關係……我們該打哪一隻？」

「誰傷人類就打誰。」高個子身影給了一個不容辯駁的答覆。

而正如那名嬌小女孩對現在的局勢感到震驚，楊百罌美麗的臉蛋也浮露訝色，卻不是針對曲九江的宣言。

那沒什麼好訝異的，曲九江本就是楊家的一分子，楊家的地盤亦是他的地盤，心高氣傲的他怎會容忍外來者侵門踏戶？

她訝異的是——

「小白呢？爲什麼沒看見他？」

「被秋冬語帶走，去攔另一隻字鬼了。」曲九江輕描淡寫地說，「那兩個不露臉的神使，就是前幾天讓妳吃虧的？」

「爲、爲什麼你會知道？」楊百罌冷傲的神情迸開一條裂縫，她壓低聲音，不敢置信地質問自己的雙胞胎弟弟。她沒有將那天的事告訴任何人，不該有其他人知道，除非……

「楊家守護神告訴老爺子的，然後老爺子打電話來煩我。」曲九江撇撇唇，「下次跟那老頭說，年紀一把就別學人熬夜，三更半夜打什麼電話，早早睡了還可以多活幾年。」

「閉嘴，這些事你大可以自己去說。」楊百罌又重新冷下一張艷容，但眼中一閃即逝的惱怒，就像是不悅於自己當日狩妖受阻的事被人當面點破，她的眼神轉瞬又染上凌厲，「同樣的事我不會再犯。汝等是我兵武，汝等聽從我令，圍守之界！」

楊百罌猝然出手，她一手迅速拽過張亞紫，另一手展開的符紙也同時射出。

只不過這並不是什麼攻擊的招式，相反地，張亞紫是被一座平空顯現的光壁包圍在中央，如同保護罩般切開她與外界的接連。

「顧問，就請妳待著別動，圍守之界會保護妳的。汝等是我兵武，汝等聽從我令，明火！」抓住場上眾人似乎還沒反應過來的空檔，楊百罌動作飛快地展開了突擊。

發著光的多張符紙如同利箭飛射多方，每一張鎖定的目標即是一隻字鬼。

彷彿受到無形力量的催化，所有符紙在途中自燃成火球。火焰的威力不因紙張完全燒盡而消失，反倒加劇火勢，從巴掌大飆升成了籃球般的大小。

廣場上的字鬼們大張鳥喙發出尖銳的嘶嘯聲。它們彼此之間就像在交換著什麼訊息，又或者下達命令。

霎時，那些被黑氣纏縛住手腳的人群也有所動作。他們像是重新憶起攻擊命令的士兵，立刻分頭衝向他們認定的「敵人」。

在光壁結界的環繞下，張亞紫完全沒人靠近。

一開始還有幾個人想試圖攻擊她，但在發現那面發著光的牆壁不論怎麼搥打、踢擊都屹立不搖後，他們馬上轉移目標，放棄再為此多耗心力。

受到保護的張亞紫見無人來攻擊自己，乾脆雙手環胸，好整以暇地觀看著公園廣場上的一片混戰。

「眞可惜沒有酒跟下酒菜，當然爆米花和可樂也是可以的。」她聳聳肩，有絲惋惜地說。

幸好這堅固的結界似乎也阻止了她的話聲外洩，也可能是字鬼們的尖嘯足以蓋過絕大多數聲音，否則這句惋惜要是傳到場上，戴著狐狸面具的嬌小人影一定會不平地哇哇叫喊「太過分了啦，亞紫小姐，我們可是很辛苦的」，諸如此類的抗議。

不過那名藏起面貌的女孩並沒有聽見，她正和她的兄長一同陷入字鬼與被操縱人們的多重圍擊。

面對字鬼用鳥喙或鳥爪的攻擊，嬌小女孩的躲閃和反擊顯得得心應手。她的右手手背至中指上先是閃現淺綠的花紋，有如植物枝蔓攀爬，一張碧綠彎弓就這麼被她抓在手中，旋即直接以弓身當武器，重重地揮打出去。

那隻倒楣的字鬼顯然沒有想到弓還可以這樣使用，它原先以為對方還要拉弓搭箭，再對自己射出箭支。因此當那抹碧色迅雷不及掩耳地逼近自己時，它毫無心理準備，只能感受到劇烈的疼痛從被毆打處爆開。

長弓打上字鬼的臉，緊接著再粗暴地往它的眼窩處戳進。字鬼壓根沒料到那名總是在哇哇叫、露出一副像小動物陷入慌張模樣的嬌小女孩，動起手來卻是那麼狠。

「有人告訴我，要利用手邊所有東西。箭不適合射的時候，就用弓打！」嬌小女孩就著長弓另一端還戳在字鬼眼窩中的時候，抓緊機會再補上一記迴旋踢。

只是這次換她沒想到她的踢擊竟像是落在一團棉花上，什麼也沒感受到。

「什麼……」嬌小女孩的表情被隱在面具後，但她的聲音毫無遺漏地表現出她的驚愕。被她踢中的地方，那些密密麻麻的小字散了開來，她踢中的只有空氣。

「笨蛋神使，普通的拳腳對字鬼沒用，沒用、沒用的！」字鬼強忍住眼窩灼燙的痛楚，伸手便要抓住那兩隻細瘦的手臂。

嬌小女孩急忙抽回長弓，向後退步，然而另一隻字鬼包夾了過來。

「我們是字，拳頭怎麼可能對字有用！」那隻字鬼嗤笑著，身體潰散成無數黑字，眼看就要像蛛網般包纏上女孩的身軀。

嬌小女孩發出短促的抽氣聲，偏偏其他方向又圍上了數名年輕男女，他們東拉西扯地抓握住她的臂膀，讓她無法從這個包圍網中掙脫。

就在千鈞一髮——

「那麼我猜，神使的武器會夠你們受的。」

堅冷男聲響起的剎那，兩隻字鬼驚恐地發現到，從它們完整或不完整的身子後，正各自突刺出一柄利劍。劍身烙著深綠花紋，碧色的光華在黑字環繞下，有種冷冽的美。

「啊……」

「啊啊啊！」

淒厲的叫喊幾乎疊在一起，字鬼身上傳出被高溫灼傷的滋滋聲響，白煙隨之冒出。眨眼工夫，那些黑色文字就像爛泥滑墜地面，進而蒸發殆盡。

一解決兩隻字鬼，高個子人影鬆開劍柄，任憑兩把長劍直刺入地。與此同時，他的身影已消失在原地，一晃眼便欺近兩名挾持住自己妹妹的男女。

強而有力的直拳轟在男人臉上，屈起的手肘則是重擊在女子心窩。

簡潔有力的兩招，瞬間將兩人放倒在地。

「哥，你對女性多少也下手輕一點嘛……」擺脫箝制的嬌小女孩嘸嘸口水，眼角偷覷著自家兄長先前被包圍住的位置，然後默默在心中爲那些敵人掬一把同情之淚。

字鬼早就不見蹤影，估計下場與剛剛那兩隻一樣；而地面上則是癱倒著被操縱的傀儡，清一色都沒了意識。

「我以為我們討論過這話題了，敵人都要撕了妳，有必要手下留情嗎？況且，我沒有打臉。」高個子人影冷淡地說，那雙從狐狸面具後透出的眼瞳內，納入了另一波向他們圍靠過來的敵人。

字鬼，還有被操縱的人們。

「速戰速決，我不想再浪費時間了。」高個子人影雙手握住劍柄，俐落地將兩把長劍都抽起，其中一把往旁平舉，「箭適合射的時候，就該射，例如現在。」

如同收到信號，嬌小女孩快速躍跳，腳尖甫踏上那把長劍的劍身，便是再借力拔高身形。

夜空下，戴著狐狸面具的玲瓏身影搭弓拉弦，手指捏住多支箭矢的箭羽。

下一秒，多支碧綠光箭連珠飛射，如同流星在黑夜中劃出閃亮軌跡——

一支光箭霍然從後射穿了一隻字鬼的身軀。

原本打算偷襲楊百罌的字鬼只能張大鳥喙，但半點尖嚎也發不出來，因為那箭正好穿透它的喉嚨，它只能無力地拍振幾下翅膀，重重倒地。

後方的動靜驚動了楊百罌。

灌入靈力的符紙堅硬如金屬摺扇，趁著前方字鬼的鳥爪被自己架擋住，楊百罌一扭頭，身後的景象令她瞳孔微縮，她頓時明白發生了什麼。

無意間，她受到另一組人馬的幫忙了。

楊百罌繃著臉蛋，隨即將這股難以言喻的惱怒全數發洩在面前的字鬼身上。她的另一手亦抓住多張符紙，同樣注入靈力。

兩把符扇左右夾擊，銳利的劃斬逼得那隻字鬼節節敗退。

字鬼眼中的幽藍火焰搖晃得更厲害，像是受挫、像是憤怒。接著它發出凶暴的咆吼，決定呼朋引伴，一同包圍這個可恨的狩妖士。

只是下一秒，它就驚疑地發現到，僅有少少的兩、三個同伴回應它的呼喚。

「你在呼叫的，是這些垃圾嗎？」

嘲諷的冷笑傳出，使得那隻字鬼駭然地猛力轉頭。

紅髮青年的兩隻手各抓住一隻字鬼的腦袋，他的銀眸冷酷，五指收緊的瞬間，熾烈的緋紅之焰自他掌心下燃冒而出，可怕的高溫讓字鬼痛苦嘶吼。

曲九江無動於衷，沒有放手，也沒有減弱火焰的威力，就只是毫無感情地睨視著對方被自己的火焰燒得失去完整外形，最後一個字一個字地崩垮，成了爛泥般的存在，進而蒸發消失。

□

曲九江那份就算是對同族類也不留情的狠意，讓僅存的字鬼們不禁有些驚慌失措。

眼見分化出來的同伴在這四名敵人的面前簡直不堪一擊，它們惶恐地互望彼此，雙腳更是無意識地逐步後退。

它們不可能會贏的……它們怎麼可能有辦法贏得了這些人……

彷彿達成了共識，剩餘的四隻字鬼即刻張開背後由文字塑成的翅膀。

「快走快走！」

「回去報告主人，失敗了！」

「失敗了啊！」

字鬼們急急拍動雙翅，一心只想趕緊逃離這個地方。

吸取天使蛋擁有者精氣的行動失敗了也無所謂，它們只想活著離開這裡！

然而字鬼們的願望終究難以達成。

「汝等是我兵武，汝等聽從我令，裂光之鞭！」

熾亮的光之鞭如疾蛇般飛快纏上，一舉將四隻字鬼的雙腳全都綑縛在一起。

飛入半空中的字鬼們只覺腳上有股拉力，一轉頭，就見到底下的褐髮狩妖士抓握住一條長鞭。待它們意識到纏在自己腳上的正是長鞭另一端，鞭子的主人早已迅速大力扯拽。

四隻字鬼全都狼狽摔跌在地。

其中一隻動作較快，一發覺視野內圍上了其他人的身影後，它當機立斷，決意捨棄雙腳，

任由那對粗壯的鳥爪留於地面。

撕裂開部分身軀的字鬼飛也似地竄向倒在不遠處的一名男子，它的身軀又散化成眾多字串，環繞住那男子全身。

頓時，理應失去意識的男子竟再次站起。

見狀，其餘字鬼紛紛仿效，快得誰也來不及阻止。

它們抱持的全是同樣主意——它們這樣等於是和人類合為一體，如果那些神使或狩妖士想攻擊它們，就得同時傷害這些人類才行！

從先前神使的話語來看，可以看出他們似乎想盡量避免讓那些人類受到太嚴重的傷害。只要能逼得他們綁手綁腳，一定可以獲得一線生機。

於是偌大的廣場上，多了搖搖晃晃站著的四個人。這四名年輕男女閉著眼，全身受到黑色字串交纏，隨後，他們臉上燃出兩簇幽藍火焰，尖銳的鳥喙也冒了出來，乍看之下，就像是披著字鬼的外殼。

「這下子看你們要如何是好？攻擊我們你們可是會傷到人類喔！」居中的字鬼尖銳高笑，「要是射出箭、刺出劍，這些人類的身體會發生什麼事？想想就不敢動手了對吧。但是，你們不敢動手，我們可是毫無顧忌！」

戴著狐狸面具的嬌小人影一僵身子的模樣映入眼裡，四名字鬼得意洋洋地打算分頭各朝一方出口衝去。

然而，在它們行動之前，一抹人影竟是大步上前。

曲九江右臂纏繞著烈火，鮮艷的赤髮像是火焰燃燒，而他的雙手十指則是化成了宛如獸爪的外觀。他彷彿無視字鬼們的聲明，步步逼近，不斷縮短彼此間的距離。

「站、站住！你難道不管這些人類的死活了嗎？」字鬼不禁越漸慌張，「想傷我們，可是一定會傷到這些人類的！」

曲九江腳步頓了下，可是當字鬼鬆口氣，以爲自己成功威嚇住對方之際，曲九江又說了：

「所以，那些人類跟我有什麼關係嗎？」

那是如此淡然的一句話，彷彿在陳述「今天天氣很好」這種平常事。但就是這樣，才更令人深刻地感受到那股冷酷。

吐出這句話的曲九江驟然加快了速度，身子在剎那間疾衝向前。

「該死！曲九江，住手！」察覺到對方意圖的楊百罌刷白了臉，裂光之鞭飛速收回又甩出，說什麼也要阻止自己的雙胞胎弟弟。

她不能讓他殺人！

白色光鞭速度飛快，卻仍慢了曲九江一步。伸長的鞭尾來不及搆上對方的手臂，僅僅和他擦身而過。

曲九江無視楊百罌的厲喝，他無法理解爲什麼要爲了無關緊要的人讓自己綁手綁腳？不管是他的姊姊或他的神，顯然都對不重要的人有著無謂的心軟。

「不不不！住手！同胞——」離曲九江最近的字鬼恐懼地尖叫，眼內倒映出那隻就要抓握住自己，然後指爪殘酷刺入的大掌。

說時遲、那時快，一道碧綠光束呼嘯而來。

假使不是曲九江及時收手，他的手腕或許就要被貫穿一個洞了。

碧光穿過字鬼與曲九江之間，最後筆直斜插進地面。

那是一支泛著綠光的光箭。

「你在做什麼？那些只是無辜被捲入的人類啊！我警告你，你要是再動手的話，我就要不客氣了！」嬌小的狐狸面具人影單膝蹲立、弓弦拉滿，又一支碧綠光箭的箭羽被她捏在手指中，那戒備的姿勢，擺明就是要曲九江不准隨意妄動。

曲九江的目光從字鬼移到那名女孩身上。

「我不在乎妳是公會的神使，但我想妳必須弄清楚一件事，我最厭惡有人命令我。」曲九江勾起冰冷的笑，身影閃動，瞬間竟出現在嬌小女孩的正前方。

「咿！」嬌小女孩被那驚人的速度震懾住，一時忘了反擊。

「那我也必須告訴你，我最痛恨有人敢攻擊我的妹妹。」

曲九江揮下的指爪被硬生生擋下，兩把烙著碧紋的長劍交叉擋下對方的攻勢。

高個子人影全身散發出駭人的冰冷憤怒，「即使你和楊家狩妖士關係匪淺，既然傷人，就該除之。」

高個子人影猛然雙手一施勁，同時長腿狠厲地踢掃向曲九江。

曲九江及時閃避，殘留在雙手上發麻的感覺讓他瞇起野獸般的銀眸，拉開了猙獰的笑容。

那抹笑讓楊百罌心生不祥預感，而那個高個子神使的銳利敵意，更讓她想咒罵事情怎麼會演變成這樣。

絕對不能讓他們兩人大打出手！

「汝等是我兵武，汝等聽從我令，裂光之鞭！」楊百罌馬上讓新一張的符紙化為長鞭，這次是迅速地成功縛上曲九江的手腕，「曲九江，停止你愚蠢的舉動！」

「我贊同楊百罌的話，停下你們兩人的愚蠢舉動！」一直待在圍守之界中，將整個過程看得一清二楚的張亞紫也冷聲高喝。她放下環胸的手，原本觀賞好戲的笑容早已褪去，褐色的臉孔無比嚴厲，「兩個神使自相殘殺，這真是我看過最蠢的行為！」

「咦？兩個神使？」被擋護在兄長身後的嬌小女孩茫然地搖頭，「不對啊，亞紫小姐，我和我哥又沒有要打起來，哪來的兩個神使自相殘殺……」

她的最後一字消失在舌尖上，雙眸瞠大，目瞪口呆地望著眼前發生的事——

曲九江還是紅髮銀眸，只是他的獸爪恢復爲手指外形，臂膀上的緋紅烈焰也逐漸消隱。當最後一絲火焰消失後，取而代之的是他的脖子及下巴邊側出現了潔白的花紋。

狐狸面具人影與曲九江之間的距離如此接近，以至於他們可以再清楚不過地看見那花紋，像是字又像是某種圖騰聚集起來，延伸攀爬的模樣則如同植物枝蔓……就和他們手背上的花紋同樣。

那是絕不會錯認的相同氣味，那是神力的氣味。

「騙騙騙騙人的吧？」嬌小女孩結結巴巴地說，「他、他不是妖怪嗎？他……」

「雖然不知原因，但看樣子也是神使。」相較於自家妹妹的震驚情緒，高個子人影顯得沉穩多了。

「用這個比較方便打。」曲九江雙手間乍現白光，隨即兩把烙著白紋的長刀被握在掌中，「好了，不是要將我消滅嗎？那就來試試看吧。」

冷笑一落，曲九江右手長刀一個迴轉，頓時切斬開那條還縛著自己手臂的光之鞭。

感覺到束縛解開的同時，曲九江毫不遲疑地提刀掠前。

高個子人影反應亦不慢，立即持劍應戰。

雙刀和雙劍轉眼間就交鋒了數回合，雙方速度快得讓人幾乎只能看見光影交織，不時還交雜著尖銳的刀劍擦擊聲。

「那個白痴，他難道眞的聽不懂人話嗎？」這荒謬的一幕讓楊百罌再也壓抑不了高漲的怒氣，「汝等是我兵武，汝等——」

「楊百罌，解除妳這堅固得讓人頭痛的結界！現在！」一聲大喊打斷了楊百罌的咒語，張亞紫素來低啞的嗓音這次揉入了不輸給楊百罌的怒氣。

楊百罌回頭，不明白張亞紫的意圖，但還是解開了光壁。

「該死的安萬里和胡十炎，他們可沒事先說清楚現在的神使都不聽人話，蠢得令人火大。」張亞紫像是沒看見楊百罌愕然的表情——爲什麼社團顧問會認識六尾妖狐、神使公會的會長——她伸手解開衣領的前幾顆釦子，就像要讓自己能好好呼吸新鮮空氣般，「犧牲我的這具軀殼，代價可是很高的。」

什麼？張亞紫究竟在說什麼？她到底是什麼人？

巨大的驚訝讓楊百罌瞬間忘記要阻止兩名神使內鬥的事，而另一端的嬌小女孩也像是和楊百罌有著同樣的疑問，呆然的目光緊追著張亞紫不放。

已經被人徹底遺忘的四隻字鬼對望一眼，不假思索地作出決定——傻子才要繼續留在這裡等死！

它們不約而同地悄悄離開四名男女身上，再偷偷摸摸地往無人的方向移動。

曲九江一點也不在意四周的動靜，他將強烈的力道灌注入長刀裡，再狠戾地劈斬向眼前的目標。

金屬受到重力撞擊時特有的尖銳聲響，再次撕裂了夜空。

曲九江的長刀又被高個子人影的利劍擋下。

「我眞想看看你的神是什麼德性，竟然有辦法把自己的神使教成這樣。」高個子人影猝然抽離長劍，反手即是朝著曲九江揮出。

「你以爲我會讓你看嗎？」曲九江冷笑，先是一退，再使勁全力衝上。

兩方都是卯足了全力，似乎決意要在這擊內分出勝負。

張亞紫在和那兩道身影隔了一段距離的位置站定，她雙手扠腰，臉上露出危險凶猛的笑容；同一時間，投映在地上的影子像是在拉長、變形。

楊百罌怔怔地望著他們社團的新顧問，身旁的嬌小女孩不知何時也靠了過來，正無意識地揪住自己的斗篷，緊張不安地看著眼前的這一幕。

正當張亞紫準備抬腳重踩地面，利用自己的方法阻止兩名打得不分上下的神使時，她卻像是突然察覺到什麼般抬起頭，一雙鳳眼朝某個方向瞇起。

「終於，該來的都來了。」張亞紫說。

瞬間，一道炫白光芒從黑夜一角衝出。

它來勢洶洶，在黑暗中像是一道閃電，迅雷不及掩耳地疾射入長刀與長劍之間。挾帶的凶

猛氣流甚至刺痛曲九江和高個子人影的皮膚，後者的面具更是在剎那間浮出一條裂痕。

那記無預警的第三方突擊，終於使得原本無視周遭動靜的兩名神使中斷了戰鬥。當那束白光筆直插入另一端的燈柱裡，他們也分別在相反的兩個方向落了地。

兩雙眼睛不約而同地轉向那束白光射出的方向。

那原來是一根如劍長的白針，從它沒入之處的附近也裂出像是蛛網的裂縫來看，足以知道那一針挾帶的力道有多強。

與此同時，又有數道影子從空中不同方向摔落下來，重重地跌落地面，赫然是剛剛想趁隙逃逸的四隻字鬼。

它們在地上翻滾，哼哼唧唧地哀叫，看起來就像被什麼重物襲擊，一舉被打了過來。

「喔喔！真是嚇到我了……那應該是可以打的沒錯吧？」

「報告，逮到兩隻字鬼……直接將它們打回來了……」

自東城公園廣場兩側走出了兩抹身影。一人是撓著頭髮，大眼睛、娃娃臉的鬈髮男孩，一手還拿著一支巨大毛筆，筆尖染著濃艷的金墨；一人是蒼白文靜的貌美女孩，衣著華麗誇張，手上握著一柄收攏的洋傘。

「柯維安？」楊百罌沒想到對方真的有辦法溜出醫院趕來這裡。

「魔……魔法少女夢夢露!?」小個子人影張口結舌地大喊，手指反射性指著秋冬語不放，

「這打扮太前衛了吧？」

「否定……此爲出任務正當服裝。」秋冬語平靜地說，那張缺乏表情的臉孔接著一轉，烏黑的眼珠睇向了曲九江和高個子人影，「提醒，小白在你們身後……他看起來，很火大……」

兩個先前大打出手的神使一愣，但不等他們迅速扭過頭，一道陰惻惻又粗暴的男聲已然在他們後方響起。

「我操你們的……這靠夭的是怎麼回事！爲什麼打字鬼打到最後是你們兩個他娘的在打!?曲九江！蔚商白！」

這堪稱石破天驚的一吼，頓時引得小個子人影大驚失色地蹦跳起來。

「等、等等一下！」小個子人影慌慌張張地嚷，「爲什麼有人知道我老哥的名……」然後她的聲音倏然卡住了，她意識到插進燈柱的是一根細長白針，而惡狠狠各搧了她兄長和另一名紅髮神使腦袋後走出的，是一名白髮男孩。

「宮……」她的聲音還沒發出，廣場上竟異變驟生！

以爲再無抵抗能力的四隻字鬼藍焰熄滅，無預警崩解了身體，數也數不清的黑字升浮起來，眼看就要趁人不備再次逃竄向多方。

字鬼們已經顧不得這麼做會讓之前從人類身上吞噬的精氣跟著分散，就算這會使得它們隨意遭到一擊，便會消滅……可是目標分散，總能使得那些神使和狩妖士分身乏術，最後只能眼睜睜看著漏網之魚逃逸。

一旦逃掉的數量越多，它們就可以將保存的人類精氣帶回去給主人！

大量黑字簡直就像小蟲漫天飛舞，一鎖定了溜逃的方向便全力衝刺。

「恁娘咧！」一刻沒想到字鬼們還有這招，白針一回到他手上，便立即試圖攔阻。

「小白，交給我吧！我可以的，我行的，我應該能……」柯維安迅速高舉毛筆揮劃，金墨在空中一筆一劃地組成一個字。

眼看金色的「制」字只差最後一筆就能完成，一道聲音說了：「你閃到旁邊去吧，『制』的範圍張不了那麼大。」

咦？什麼？柯維安剛感到有隻手拉住他的衣領，手中的毛筆竟猛然被人一把奪走。

柯維安驚詫地瞪大眼、瞳孔收縮。隨著他眼內倒映出一張冷艷的褐色臉孔，他的心口處也猝然爆發出一股疼痛。

「柯維安！」一刻煞白臉，不敢相信自己會見到張亞紫將一隻手臂貫入柯維安的體內。

「別大聲嚷嚷，小鬼。」張亞紫別過臉，勾起凶猛的笑容，「你的神沒對你做過這種事嗎？」

他的……神？一刻一時間停止了思考。

就在這一瞬，張亞紫手臂抽出，指間抓握住一顆絢麗的光球。

柯維安則像失去力氣般跌跪地面，臉色蒼白、冷汗涔涔，額上的金色神紋消失，可一雙眼睛還是緊緊盯住了張亞紫。

「乖乖看著大人做事吧。」張亞紫猛地捏緊光球，光球居然沒入她的皮膚底下，然後弧形的金色光芒驟閃，再像金粉般點點灑落。

所有被金粉沾上的黑字都像是被看不見的絲網黏住，僵停在空中，動也無法動彈。路燈與月光的照耀下，公園空地廣場上形成了一幅詭異又帶著另類美感的畫面。金粉和黑字布滿整片上空，不知情的人見了，或許會以為這是螢火流光聚集。

張亞紫還是站立原地，只不過她單手抓握的毛筆變得更為巨大，彷彿在呼應她那高挑的身形。她的馬尾仍是高高地綁束著，但長度卻是一口氣增長，幾乎觸及腳踝，身上的衣飾也已經截然不同。

兩條手臂不再被衣袖包裹住，露出了光滑的肩頭；裙襬就像是許多布條垂下，上頭遍布著豪邁難認的古字；雙足不見鞋履，腳踝的皮膚和雙腕一樣，有著暗青色的刺青攀附上頭。

那還是張亞紫，但和一刻、曲九江、楊百罌在文同會社辦內見過的已完全不同。

「看好了，小鬼，這可是特別大放送，否則這不該是我出手哪。」張亞紫拉開一道宛若肉食性動物的侵略笑容，旋即金墨揚灑。她在空中書寫字的姿態流暢野性，像是一支短暫但充滿爆發力的舞蹈。

下一秒，一個大大的「消」字飛出，細小的金粉轉眼擴大，光芒將緊黏著的黑字包覆其中，然後再像一場金色飛雪慢慢飄下……

這一幕讓所有人都看得怔住了。

尤其是柯維安，他的雙眼簡直像要瞠大至極限，就算毛筆被扔回他懷中，也是無意識地抱緊，久久回不了神。

「雖然最後是我插手，不過我的確還是看到我想要的了。」張亞紫一彈指，金粉像泡泡似地紛紛碎裂，被包覆的黑字也不見蹤影，「除了那場蠢到讓我無話可說的自相殘殺外。」

「妳……妳到底是什麼？」一刻不是笨蛋，張亞紫的話已經給了他足夠的線索。他也是神使，當他的神取回賦予他的神力時，也會做出相同的動作。

也就是說，張亞紫分明是……可是，他仍是問出口，想得到一個答案。更甚者，他想知道的其實是這一切究竟他媽的是怎麼回事？

張亞紫的眞正目的是什麼？她既然找上了他們，爲什麼還找上了……

「宮一刻！」高分貝的驚呼打斷了一刻的思考。

楊百罌難掩錯愕，她確實聽到身旁的嬌小女孩喊出了一刻的全名。

她認識小白？她和小白彼此認識？

彷彿沒發現楊百罌落在自己身上的視線，嬌小女孩在一刻一轉過頭時，馬上扯下斗篷，摘掉臉上的狐狸面具，像陣旋風般衝了出去。

「宮宮宮宮一刻！」露出面貌的鬈髮女孩滿臉驚喜交加，她大力抓住一刻的雙手，但接下來的動作不是如楊百罌猜測的抱住對方——楊百罌忐忑的心立刻放下——而是揪住了一刻的衣領，興奮不已地扯著他搖晃，「宮一刻！天啊、天啊，眞的是你耶，宮一刻！我看到白針時還以爲自己眼花，沒想到眞的是你……哎？你怎麼都不回話？對待人家這樣的美少女也太冷淡了啦！」

「淡……」妳妹啊！妳這樣是要老子怎麼講話！一刻被勒得臉色發青，只覺肺裡的空氣越來越稀薄。

「因爲他快被妳勒死了，可可。」高個子人影也摘下被劃出利痕的面具，另一手巧妙地擋在自家妹妹身前，冷肅的眼瞥視向曲九江，不再讓對方有靠近的機會。

「咦？哇，對不起！」蔚可可總算發現到了，急忙鬆開手，雙手合十，小動物般的眸子眨巴地望著一刻，「人家不是故意的。宮一刻，你還好嗎？」

「……差點就被妳謀殺。」一刻撫著脖子咳了咳，眼睛惡狠狠地瞪向凶手，可眼裡並未含帶眞正的怒氣，「現在說清楚，爲什麼你們這對兄妹會在這裡？」

「爲什麼？我和我哥不是本來就在這裡的西華大學唸書嗎？宮一刻，你該不會是撞到頭了吧？所以忘記了？」蔚可可憂心忡忡地問。

「忘妳……」一刻費了好大一股勁才將髒話壓下。他抹了把臉，像是受不了面前女孩的天兵般垮下肩膀。

「也就是說，你和這兩個傢伙是認識的？」曲九江可不會傻得看不出來，一刻和那兩名神使間的互動不同一般人。他瞇起銀瞳，銳利的目光不客氣地打量那對兄妹。

「小白，他們兩人是誰？」楊百罌也問，語氣高傲冷淡，目光卻沒有離開那曾經搶奪她獵物的兩名神使。

少了斗篷和狐狸面具，他們的相貌再也沒有任何遮掩。

高個子的是俊秀嚴肅的青年，戴著副無框眼鏡，可即使是鏡片也藏不住他眼中的冷厲，有種不同於同年紀人的威嚴；小個子的是令人想到小動物的鬈髮女孩，大眼睛靈活有神，臉上表情更是豐富。

楊百罌忍不住摸了一下自己的臉，有絲羨慕。她知道自己看起來總是冷冰冰又不好親近，但她很快就先將這絲情感壓下。

「小白？咦？小白是指宮一刻你嗎？」蔚可可吃了一驚，再上上下下打量一刻，最後目光定在那頭白髮上，「其實很適合你耶，我下次也要……好痛！」

「要三小？」一刻敲了那顆腦袋一記，無視蔚可可淚眼汪汪抗議，他深吸一口氣，決定把事情一件件弄清楚再說。

首先要做的，就是讓雙方人馬都搞清彼此的身分。

「楊百罌、曲九江、秋冬語，這兩人是我高中就認識的朋友，蔚商白和蔚可可，他們兄妹也是神使。」

「嗨嗨，我是蔚可可。」蔚可可活力充沛地擺出敬禮的手勢，「我們是來自湖水鎮的神使，我們的神是湖泊的守護神，她是一位超級大美女唷。我們現在在西華大學唸書，我是外文系一年級，我老哥是法律系二年級。高中時曾當過交換學生，嘿嘿，就是到宮一刻他們學校啦，我們就是在那時認識的。如果有人想知道宮一刻的高中事蹟，歡迎來找……嗚！哥，怎麼連你也打我！」

「妳話太多了，很吵。」蔚商白毫不在意自己妹妹可憐兮兮的控訴，漠然的眼神掃視一刻身旁三人一圈後，停留在秋冬語的臉上一會兒，似乎認出對方。

「又見面了……你們好。」秋冬語面無表情，卻是有禮地彎腰。

蔚可可頓時回神，她注意到那個「又」字，再猛然想起一刻剛剛的確有說出一個熟悉的名字……

秋冬語、秋冬語……蔚可可驀地瞪大眼睛。她方才只顧盯著那套和魔法少女夢夢露一樣的華麗服裝，卻漏看了對方的臉。

沒錯，那個像是瓷偶娃娃的女孩子……

「小語？妳是小語！」蔚可可興奮地大叫出聲，眉開眼笑，一把拉住秋冬語的手臂，「又見面了，原來妳也是神使嗎？」

「否定。我不是……我只是神使公會的一員。」秋冬語搖搖頭，任憑手臂被抓著不放。

「慢著，你們認識？」這下吃驚的人換成一刻，他可沒想到自己高中時認識的朋友，會和自己的大學同學認識。

這世界未免也太小了吧？

「偶然認識的，可可剛好撿到她的學生證。」蔚商白輕描淡寫地解釋。

「也太偶然了……」一刻知道蔚可可幾乎跟誰都能快速混熟，可是連素來無情緒到像是人偶的秋冬語，竟然也不排斥她的親近，這倒是有些稀奇了。

想起自己還沒向蔚氏兄妹介紹自己這一方的人，一刻再開口道：「蔚商白、蔚可可，這幾個人是我的同學。紅髮的是曲九江，是半妖也是神使。旁邊這位是楊百罌，繁星市的狩妖士。秋冬語，你們已經認識了。然後還傻在那邊沒回過神的，是柯……」

「等一下，我有問題。」蔚可可舉起手，認眞發問，「爲什麼妖怪也可以成爲神使？神力和妖力不是相剋嗎？」

「我猜是……靠杯啊，我哪裡知道爲什麼？反正他就是成爲神使了。」一刻不耐煩地揮揮手。

「再等一下，我還有第二個問題！」蔚可可不屈不撓地再舉高手。

一刻翻下白眼，他早該知道這丫頭的好奇心旺盛到令人髮指的地步。

蔚可可忽地左右張望，似乎在確定現場除了他們和地上那群昏迷的人們外，便再無他人。緊接著，她將手放在嘴邊，小心翼翼地問道：「宮一刻，你偷偷告訴我，你同學的神是誰？我超好奇的。」

「喂喂，妳是沒看到曲九江還在這嗎？妳當他不會聽到？」

「反正不要給他的神聽到就好啦。」蔚可可皺皺俏挺的鼻子，「他的神一定很驚人，因爲啊，連我老哥都說『眞想看看你的神是什麼德性，竟然有辦法把自己的神使教成這樣』。」

蔚可可沒想到自己這話一出口，場面登時化作死寂。

楊百罌冷傲的臉蛋現在表情古怪，似乎欲言又止；曲九江勾起唇角，看好戲的意味十足。

一刻卻是臉色青白交錯。

蔚可可摸不著頭緒，直到一刻像是沉痛般摀著臉，百般不情願地說：「……就是老子。」

咦？

「曲九江的神……就是小白。」秋冬語細聲補充。

咦咦咦咦咦——

第十一章

蔚可可覺得一定是今晚發生太多事，又是字鬼又是狩妖士，又是和朋友見面，才讓自己產生了幻聽，否則她怎麼可能聽見宮一刻說他收了個半妖當神使。

她知道宮一刻是半神……但、但是，收了半妖當神使!?

突地，有雙冰涼的手捧住蔚可可的臉，她猛然回神，驚見秋冬語的臉靠得極近，烏黑的眼眸就像剔透的玻璃珠。

「不是，幻聽……小白就是曲九江的神。」秋冬語平靜地說。

「小語，妳的眼睫毛也太長了吧……」蔚可可反射性先冒出讚歎的一句，接著才反應過來自己說得牛頭不對馬嘴，「振作點啊，我的腦袋!也、也就是說，宮一刻你和那個曲九江締結契約……神使可以再收人當神使嗎?不對，他不是人，他是……不行，我的腦袋要轉不過來了……」

蔚可可暈頭轉向，思考功能超出負荷，雙眸似乎快成蚊香眼轉呀轉的。她用力地搖搖頭，再一拍雙頰。

「不管那些了!最重要的是，小染和阿冉知道嗎?他們知道你在這收了半妖當神使……」

「他們還不知道，不准通風報信，這事我自己會找時間跟他們講。」一刻警告，「老子可不想讓他們擔心得衝來這，反正這白痴的事我自己會說。」

「小白，你說誰是白痴？」曲九江看好戲的神情消失，聲調陰狠了一階。

「我操！就是在說你！」一刻心頭火上衝，暴躁地怒吼道，他可沒忘記自己回來東城公園時看到的是什麼景象，「自己人打起來像什麼樣？你和蔚商白都是三歲小鬼嗎？」

「我不認爲我和那些傢伙是自己人，他們是你朋友，跟我可毫不相關。」曲九江皮膚上的神紋消隱，看也不看其他人一眼，直接找了公園長椅躺下，表現出來的態度疏離冷漠。

一刻倒不意外，曲九江要是對人友善，那才是「天要下紅雨」。

「我承認我先前的行爲是不理智了點。」蔚商白語氣冷靜地坦承自己的錯誤，隨後話鋒一轉，「但是，現在最重要的應該是——宮一刻，爲什麼你會在這裡？」

爲什麼他會在這裡？這太過直接的問句，反倒讓一刻一時反應不過來，他訝異地眨眨眼。

「什麼叫爲什麼……」一刻耙梳一頭炫亮的白髮，不明所以地瞪著自己的朋友，「見鬼了，蔚商白，我上次回潭雅市在聚會上不是說了嗎？因爲碰上一些事件，所以用了神力，現在也重新繼續神使的工作。之前繁星市都沒啥瘴出沒，除了有楊百罌，其他部分就是你們兄妹負責吧。反正既然……」

「你弄錯我的意思了，宮一刻。我們都知道你的幻術解除了，室友還是個神使，雖然我們不知道你的另一個室友也是，還是和你結契約的。」

「喂。」

「我想說的是，」蔚商白的眸光變得冷厲，聲音也更爲堅硬，「你爲什麼會知道字鬼這件事？天使蛋、連鎖信，你對流行不敏感，對廣播也不感興趣，臉書是鎖起來的，朋友數量也不多，就我們這些。」

「喂喂！你是故意找碴嗎？」一刻黑了臉，有些惱火。

「既然如此，你爲什麼也會插手連鎖信與天使蛋的事件？」無視一刻的怒氣，蔚商白的問題就像是要凌厲地挖出眞相，「我很好奇，誰，讓你知道的？」

「是誰很重要嗎？」一刻挑起眉，只覺得自己的朋友有些反常，「是張亞紫。她是我們社團的顧問，她丟了這題目要我們幾個負責。先聲明，在這之前我可不知道她不是人類。」

一道小小的抽氣聲倏地響起，使得一刻下意識轉過頭，登時見到蔚可可不知爲何睜大了眼，露出不敢置信的表情。

但是就在一刻要開口詢問前，蔚可可先拉高了聲音，「怎麼可能不重要！宮一刻，你說是亞紫小姐告訴你……」

那名鬈髮女孩吞嚥下口水，乾巴巴地說：「但是、但是……亞紫小姐在前陣子找上我們，要我們處理連鎖信和天使蛋，也就是字鬼的問題時，她明明答應過不會找你的啊！」

「什……」一刻愣住。

蔚可可就像是有些著急地跺著腳，「那是交換條件！她說她是神使公會的人，也是理花大人的朋友，她要我們處理這事，否則她就會找上繁星市的另一組神使，也就是你和你的室友。我和我哥都不希望你為這種事操心，所以才答應亞紫小姐的！」

一刻被這番意外的話砸得七葷八素，呆愣當場。

「也就是說，你們不是神使公會的人？」楊百罌沒忽略這點，她訝極了，因為那對兄妹的打扮真的讓她下意識這麼認定，「可是那面具和斗篷……」

「不是、不是，我們是神使，但沒有加入那個公會。在宮一刻告訴我們之前、在亞紫小姐找上門之前，我和我哥都還不曉得繁星市原來有這樣的組織。」蔚可可大力搖著頭，努力澄清，「就連面具和斗篷，也是亞紫小姐提供要我們穿上的。」

「肯定，公會成員並無他們兩人。繁星市……有正式登記的，就只有小柯一人……」秋冬語靜靜地插話。

而這些話，一刻全都聽了進去。他迅速抬眼望向蔚商白，後者眼中也有一股凌厲的不悅，他猜自己的表情肯定和對方差不多。不，也許更加難看。

因為這等於是他們兩邊人馬從一開始就被張亞紫耍弄了！她以接下社團顧問為條件，要他們想辦法解決字鬼，可是同時她又找上蔚商白、蔚可可這對兄妹，開出條件，使得他們不得不接受任務。

該死的，她眞將他們一群人都當白痴耍嗎？

「張亞紫！」

「張亞紫小姐！」

不同的稱呼，一暴怒、一堅冷的嗓音，不約而同地自一刻和蔚商白的口中喊出。

「這他X的是怎麼回事？現在馬上給老子說清楚！」一刻才不在乎張亞紫是不是神使公會的人，又是不是柯維安的神，他眉眼凶戾，像著了火，氣勢無比嚇人。

「喔？總算還記得我的存在了？」張亞紫像視若無睹，她抱胸，狂傲地勾起微笑，眉毛挑起，彷彿毫不在意眾人的目光都聚集在她身上，尤其其中兩道尖銳得像要刺穿她。她一派慵懶的態度，像是早已習慣成爲注目焦點。

「怎麼，有話想問我？」張亞紫慢步走近眾人，長長的髮絲隨著她的走動擺晃，漆黑中摻著金豔，就像上頭攀附著流光閃耀。

「妳是誰？存的是何居心？」蔚商白也不拖泥帶水，直接切入了重點。他的視線如此冷峻，就連一旁觀看的蔚可可也忍不住瑟縮一下。

「我？我是張亞紫，和你們的神，湖水鎭的淨湖守護神有著交情。」張亞紫噙著笑，好整以暇地說，「我從最初就沒有隱瞞過自己的眞名。」

「肯定，她沒說謊。」秋冬語也點點頭，「因爲她是小柯的……」

柯維安的誰？一刻還沒皺眉問出，秋冬語也還未完整地說出，從剛一直陷入呆愣狀態的柯維安在這時候終於清醒過來。

「師師師……」那名娃娃臉男孩激動地跳起，抱在懷中的毛筆往旁一丟，拔腿就是猛力向前衝，「師父啊！」

那激越難耐的大叫聲，簡直令一刻目瞪口呆。

師父？張亞紫就是秋冬語提到的柯維安的師父!?

但更讓人目瞪口呆的場景還在後頭。

柯維安就像是遇見長年失散的親人，雙臂大張，宛如迫不及待地想給張亞紫來個熱切的擁抱。

張亞紫臉上的笑容從悍然轉爲溫和，這讓她的臉部稜角也消失了。

可誰也沒有想到，就在兩人即將親密抱在一起的那一刹那——

柯維安還是掛著那副熱淚盈眶的驚喜表情，然而那兩隻張開的手臂卻做出了一點也不像是要擁抱的動作。

一刻可以用他打架多年的經驗發誓，那看起來更像是要抓住人，好施展一個過肩摔。

只不過張亞紫的速度比她的徒弟實在快上太多了，她那長得足以令多數女性羨慕的腿，猝然搶先勾纏上柯維安的一隻手臂。幾個快狠準的動作下來，就見柯維安已經被壓制在地上，手臂還被緊緊地反剪著。

「小毛頭，想打過我再練個幾百年吧。」張亞紫的溫和笑容如同曇花一現，她咧出危險的弧度，「上禮拜敢把我的酒掉包成清水，好大的膽子嘛。」

「誰教師父先把我的杯子打破，那可是人家的小心肝，那是魔法少女夢夢露特別版的幼化魔法少女啊！」柯維安不甘示弱，氣急敗壞地抗議道，只是那串聲音很快就變成痛呼了，「痛痛痛！小白甜心快救我啊！」

「你的小心肝太多了，誰搞得清楚是哪個？」張亞紫嗤之以鼻，手上勁道沒鬆放，又是折騰得柯維安哇哇大叫。

「小白……甜心？」蔚可可驚疑地瞪圓一雙本來就大的眼睛，「宮一刻，你……」

「我怎樣？我可沒和那白痴攪基。」一刻翻了個大大的白眼，再向張亞紫提出真誠的建議，「張亞紫，妳下手再重一點沒關係，我剛好可以換新室友了。」

「看樣子你甜心拋棄你了，徒弟，是說你那變態嗜好要改一改。」張亞紫嘴上不客氣地嘲諷，手上的力道倒是鬆開了。

「哪裡是變態？我明明就是紳士，我都是用純潔正直的心看待我的甜心或小天使的！」柯維安灰頭土臉地爬起來，用著無比正氣凜然的口吻說，再望向一刻時，表情是哀怨地一變，

「太過分了啦，小白……你怎麼捨得這樣對我？你無情、你冷血、你殘酷，你……唔呃！小白，能不能請你的那位朋友不要拿箭對著我？」

跑向一刻的柯維安忽地硬生生煞住腳步，他舉高雙手做投降狀，謹慎地盯著無預警拉弓搭弦、箭頭瞄準自己的鬈髮女孩。

而且不知道怎麼回事，那張甜美可愛的臉好像越看越眼熟？

「蔚可可，他不是什麼有害物，起碼在他真的實行腦袋裡的想法前。」一刻說。

「哎？啊，不好意思、不好意思。」蔚可可尷尬地吐吐舌，放下蓄勢待發的武器，「聽到『變態』兩個字就反射性行動了，真的不是故意……唔唔！」

蔚可可忽然發出狐疑的幾個音節，雙眼瞬也不瞬地盯住柯維安的臉，「你好像……有點眼熟耶。」

「妳也這麼覺得嗎？對了，我記得妳的名字是蔚可……啊！小可！」

「小安！」

柯維安和蔚可可幾乎是異口同聲地大叫，食指比著彼此。

「我靠！結果你們兩個也認識嗎？」一刻真的傻了。

鬈髮女孩和娃娃臉男孩同時興奮地點點頭。

「可可。」蔚商白這兩個字很簡單，就是要自己的妹妹說明清楚。

「報告！」蔚可可馬上挺直背脊，手掌斜放在額邊，形成敬禮的手勢，「我和小安是在繁星市版上認識的版友，我們常常在BBS和LINE上聊天。哥，之前我不是跟你說，有人請我幫忙調查歷史系學姊的事嗎？那人就是小安啦。」

一刻自然也記得在「貓男孩事件」時，柯維安曾請他一位西華大學的朋友查事情，只是他沒想到那人竟然就是蔚可可！

一刻這下可張口結舌得說不出話，這世界他媽的也太小了吧！

「我有疑問。」楊百罌打斷了那兩名網友的欣喜相認，犀利冷然的目光望著柯維安，後者差點就想反射性立正站好，「柯維安，顧問是你的師父，是神使公會的人，爲什麼你不曾事先告訴我們？」

「不是！我沒有故意要瞞你們的！」柯維安忙不迭替自己申冤，手臂大力指向張亞紫，「我都是喊她師父的，她根本沒告訴過我她的眞名是什麼！」

「但你總有在公會聽人喊過吧？」一刻也懷疑地睨著柯維安。

「也是，否定……」出聲幫忙回答的人是秋冬語，「公會裡的人，不會直呼小柯師父的名字……我們都是稱『大人』或是『帝君』……小柯師父的名字，也是老大私下告訴我的。」

「小白，我沒有告訴過你嗎？」柯維安就像是嫌事情不夠令人震驚，湊過來又說，「我師父的神名，人間應該都很熟悉。她的神名就是——」

一刻的瞳孔猛地收縮，震撼地看著張亞紫，看著那名綁束著高高馬尾、髮絲夾雜著金艷色彩、皮膚深褐、雙手雙足都有暗青刺青，一雙鳳眼似笑非笑，舉手投足盡是狂傲自信的女子。

柯維安的聲音似乎還在耳邊迴盪。

他說：她的神名就是，文昌帝君。

文昌帝君，掌管文運與考運之神，在人世間廣為人所知。

尤其是一旦碰上考試季節——不論基測、學測、指考、檢定考、高普考——香火更是格外鼎盛，神桌上總會供奉著各式各樣的准考證影本。

蔚可可得承認，當年她要考大學的時候，也是乖乖將准考證拿去供的人之一。只不過她作夢也沒想到，在繁星市認識的網友，那人不但是宮一刻的同寢室友，他的神……竟然還是文昌帝君！

當蔚可可意識到這個事實，突然一個激靈，幾乎反射性地做出了以下的行動。

「亞紫小姐，帝君大人，請務必讓我感謝妳，感謝妳讓我順利地考上大學！」鬈髮女孩雙手合十，無比眞切地對著張亞紫說。

一刻連翻白眼的力氣也沒有了，他看見蔚商白摀額，像是在忍耐自家妹妹的無厘頭行為，他嘆口氣，拍拍對方的肩膀，附帶還送了一記憐憫的眼神給他。

「用不著叫我帝君，一樣喊我的名字就可以了。」張亞紫微笑，「妳要感謝的是妳哥，他的鞭策才是妳考運順利的主因。」

頓了一下，張亞紫似笑非笑的目光瞥向一刻，「至於你，則是你的那一對青梅竹馬功不可沒。」

「這種事我早就知……不對，妳還沒回答我們的問題！」一刻驀然回神，表情也從錯愕迅速轉爲凌厲，「就算妳是柯維安那小子的神，也不表示妳可以糊弄我們兩方人！」

「糊弄？我可沒有糊弄誰。」張亞紫單手扠腰，鳳眼睨視眾人，「我只是配合某人的行爲而已，某人想要看看他新找的生力軍究竟夠不夠力。」

「某人是誰？」

「你們覺得會是誰？當然是胡十炎。」

「媽的，那隻老狐狸！」一刻火大咒罵。

「呃，小白……老大本來就是狐狸沒錯，而且他的年紀……」柯維安突然東張西望，似乎是怕話題主角神出鬼沒，「也的確很老了，六百歲耶。」

「囉嗦。」一刻將那張無意間又靠得太近的臉推開。只要一想到他們一票人被那個總是笑得天眞無害的小男孩給暗中設計，就不禁窩火起來。接著他像是想起什麼，眼刀立即凶惡射出，「柯維安，別說這事你也有插一腳。」

「咦？沒有、沒有，百分之兩百沒有！」柯維安趕忙大力搖頭，就怕自己被列入黑名單，「小白白，你要相信我啊！」

就像深怕自己的辯駁不被採信，柯維安打算飛撲抱上一刻的大腿。

一刻鐵青了臉，都經歷過那麼多次騷擾，他要是看不出柯維安想做什麼，就真的是傻子了。只不過在他決定依循慣例，一腳踢開對方之前，有人先代他這麼做了。

「行了，維安小子到旁邊去，現在是大人講正事的時間了。」張亞紫動作俐落地長腿一伸，將自己的徒弟兼神使踢掃到旁邊去。無視柯維安摀著摔疼的屁股，她的手還像趕蒼蠅似地揮了揮。

「我要抗議，我也是大人！」柯維安極力爭取權益，避免被排除在對話之外。

「抗議無效。」張亞紫回頭瞥視了一眼，勾揚的鳳眼不管笑或不笑都相當有魄力，「我說了，柯維安，去和其他人處理一下地上的那群人，晚點要想辦法把他們弄回去。公會那邊會派其他人手負責回收還在半路的被引誘者……嗯？這可有趣了。」

張亞紫忽然瞇細眼，目光落在不遠處的地面上。

一刻等人反射性也順著她的視線望過去，只見被路燈照亮的廣場地面上，那些被拋棄的天使蛋吊飾居然輪廓變淡，緊接著竟徹底改變了模樣。

「那是……」一刻愕然，映入他眼內的不再是外形可愛的蛋形吊飾，而是一片片的……

「枯葉!?」蔚可可嘴巴大張。

張亞紫彎腰撿起離她最近的一片枯葉，眼中閃過一瞬凶猛的光芒，「確實是相當有趣，將葉子變成其他物體嗎？這種矇騙人的手法，就我所知，可是狐狸最擅長的把戲。」

「狐狸？難道跟妖狐有關？」楊百罌繃緊了身體，短時間內串聯起一些事，「宁鬼喊了『主人』……讓它們快速茁壯至此的幕後黑手會是妖狐嗎？」

「是不是，這件事很快就會有答案了。」張亞紫捏碎葉片，「我會通知胡十炎，叫他徹查繁星市裡的妖狐，這可是他身為一族之長該負的責任。」

一族之長？原來胡十炎不單是神使公會的最高掌權者，還是妖狐族的族長！

無視身旁一票年輕孩子們的驚愕，張亞紫霍地拍下手掌，「這部分暫且不管。現在除了宮一刻外，全部人都跟柯維安去做事。」

「只有小白？師父，我要再上訴！為什麼只有小白要跟妳講正事？我是小白的好麻吉耶！」柯維安不屈不撓。

面對他的抗議，張亞紫的回應很簡單，她只是旋過身，手扠腰，唇角扯出強悍凶惡的笑容，「因為這是有關宮一刻的事。最後一次，該幹什麼就去幹什麼，這是我的命令！」

那聲低啞的大喝一砸下，同時一股震懾人的威壓從張亞紫的身上迸放而出，令人下意識屏住呼吸，感覺到暴露在衣外的皮膚彷彿都要被那陣如同實體化的壓迫感給刺痛了。

「……喔。」柯維安摸摸鼻子，知道再怎麼死纏爛打也不會獲得張亞紫的允許，「那個……班代、小語、小可，還有小可的哥哥，我們一起處理地上的這群人吧。呃，曲九江，你就繼續睡吧，我沒有要使喚你的意思……應該說我也不敢。」

柯維安苦著娃娃臉，哀聲嘆氣地去執行張亞紫交代的工作，但眼角餘光還是忍不住追逐著張亞紫和一刻離去的方向，內心非常在意他們要談什麼內容。而唯一令他感到慶幸的，則是其他人也過來一塊幫他的忙，包括心高氣傲的楊百罌，還有那個他今天才初次見面，但覺得難以接近的蔚可可的兄長，蔚商白。

那名高個子青年看起來就是一臉冷肅、剛正不阿。如果說對方高中時是擔任風紀股長或糾察隊長之類的，他也一定不會感到意外……該怎麼說，蔚商白給人的感覺就是硬邦邦的，有些刺刺的……

「沒錯，就像班代……」柯維安差點將內心話全喊出來，他緊急地將「一樣」兩字吞入嘴裡。要是被楊百罌知道他在想什麼，只怕一招「電隨意走」就要招呼過來了。

發現到楊百罌瞇起美眸，狐疑又銳利地盯著他，柯維安連忙擺擺手。

「沒事、沒什麼，班代妳聽錯了。我是說……」柯維安忽地靈光一閃，馬上將話題轉至蔚商白身上，「我是說，小可的哥哥，你們和小白是認識多年的好朋友……啊，不過他最新的好麻吉是我喔！你們不會好奇他和我師父在講什麼嗎？」

「會啊、會啊，當然……好啦，我惦惦。」接收到兄長的冷視，蔚可可閉上嘴巴。

「爲何要好奇？宮一刻事後自然會告訴我們，除非那是他不願說的事。」蔚商白平淡地說。

「哇，眞成熟……」柯維安不禁佩服起對方的沉穩，簡直不像這個年紀的人會有的。

雖說字鬼已經被消滅，但是東城公園內的路燈並沒有隨同暗下，替柯維安等人提供了相當足夠的照明。

受到字鬼暗示引誘，前來這公園聚集的年輕男女大約二十多人。柯維安他們的工作就是先將所有人都移到廣場中央，免得這裡東躺一個，那裡西倒一個。

等受害者全部被集合到中間後，就是大略地分辨他們的身分、住的地方，最後再把人送回去。能送多少是多少，否則那麼一大群人被發現在公園裡集體昏迷，勢必會引發一場不必要的騷動。

身爲繁星大學和西華大學的學生，人面廣且人緣好的柯維安和蔚可可，多少認出了一些人。剩下的部分，柯維安乾脆翻找起那些人的隨身物件，看對方有沒有帶著能辨識身分的東西。一輪下來之後，最大的收穫是手機。

「幸運！有手機的話，就可以方便查人了。」柯維安笑咪咪地揀了一個位置坐下，腳邊盡是各式各樣的手機。他從背後的大包包裡掏出筆電，一打開螢幕就開始劈里啪啦地敲起鍵盤。

短時間內無事可做的蔚可可很快就覺得無聊了，她東張西望，宮一刻和亞紫小姐還沒回來，而宮一刻收的神使似乎眞的睡著了，連點動靜也沒有。那個叫楊百罌的女孩好像一直在偷覷某個方向；她家老哥則是一副不動如山的模樣。

「小語、小語。」蔚可可小小聲地和安靜佇立在她身旁的秋冬語咬起耳朵，「我們去幫大家買個飲料吧，我記得公園外有販賣機，不然待在這有點無聊耶。」

蔚可可最後一句已經說得夠小聲了，但沒想到還是被蔚商白聽見。

高個子青年睨了自家妹妹一眼，接著卻是扔出自己的錢包。

「唔喔喔！老哥英明、老哥萬歲！」蔚可可立刻眉開眼笑地接住，不忘狗腿地誇獎了兄長幾句，「那我就隨便買一些回來。小語，我們走吧。」

「同意……無異議。」秋冬語頷首，不知從哪裡掏出摺疊起來的紫色尖頂帽，端正戴在自己的頭上。

蔚可可目不轉睛地望著那身裝扮，覺得面前的寡言美少女眞的就像是活生生的魔法少女夢露，那部動畫眞該找小語代言的！

「我之後可以拍照嗎？我想傳給莉奈姊看。」蔚可可不自覺地脫口而出，但隨即又感到失禮地道歉，「不方便的話也沒關係，眞的。」

「不會，不方便……」秋冬語平靜回答，「莉奈姊，妳那位朋友的姊姊嗎？」

「沒錯，其實就是宮一刻的堂姊啦。」蔚可可一聽見答覆，臉上露出明亮的大大笑容，「她人很好喔，又很正，不過可惜死會了，現在和未婚夫是半同居狀態。啊，偷偷說一個小情報，宮一刻就是之後想幫莉奈姊的忙，才會讀中文系，莉奈姊在補習班教國文。」

「蔚可可。」當蔚商白這麼連名帶姓喊著自家妹妹的時候，通常就表示他的耐性正在急速減退，「沒要去的話就將錢包還我。」

「哇啊！我要去，現在立刻馬上去！」蔚可可險些跳起來，她一手緊抓兄長的錢包不放——開玩笑，難得老哥願意當大爺請客，當然要趁機買最貴的——一手緊拉著秋冬語的手臂，慌慌張張地就往通向公園其中一個出口的方向跑去。

她沒注意到埋首筆電的柯維安正巧抬起頭，無比訝異地望著她和秋冬語的背影低喃——

「這可真是稀奇了，第一次見到小語會和人那麼親近……她還反握住對方的手，連老大都不曾有過這種待遇，真的要來煮紅豆飯慶祝了。」

蔚可可當然不知道柯維安說了什麼，她拉著秋冬語，一下就跑出公園外，連帶的同伴們的身影也消失在視野內。她左右張望一下，雖然公園外圈沒有路燈，但不遠處的街燈仍亮著。和公園內廣場的水銀色燈光不同，路上的街燈光芒是偏淡黃色，這使得毫無人車經過的大馬路看起來格外幽森靜謐。

「感覺超適合拍鬼片的……啊，呸呸呸，我在胡說什麼。」蔚可可敲下自己的腦袋，有時候也會反省起自己說話眞的是不經大腦，「我記得自動販賣機是在……」

「在那。」秋冬語突地發聲，細白的手指朝某個方向伸出。

蔚可可反射性一轉頭，神使的眼力向來比一般人來得好，不過就算蔚可可再怎麼努力地瞇起眼，還是只看見馬路另一端只籠著一團黑暗而已。

「在影子裡……被樹擋住一些。」秋冬語又說。

「咦？眞的耶。」依著秋冬語的指示，蔚可可再定睛一看，這次總算看到些許輪廓，她不禁佩服起對方，「小語，妳的眼力眞好，好厲害！」

「厲害？無法理解。」秋冬語搖了搖頭，髮絲跟著微微晃動，「我非人，非人者……眼力本就是如此。」

「但是，很厲害的事就是眞的很厲害啊！」蔚可可綻開一個活力四射的笑容，雙眸宛如會閃閃發光。

秋冬語眨眨眼，想確定身旁的世界剛剛似乎一瞬間發亮是不是自己的錯覺。

「謝謝誇獎，我很……高興。這時候這樣說，對嗎？」秋冬語認眞地問著。

蔚可可的回答是綻出更開心的笑容。

秋冬語感覺到自己的唇邊肌肉好像出現陌生的抽動，她下意識撫上唇角，吃驚於那是微微上揚的。

也就是說，她正在笑嗎？

「我們……去買飲料吧。」這一次，是秋冬語主動拉著蔚可可的手往前跑，心口處正膨脹著一種前所未有的溫暖感覺。

秋冬語不討厭這種感覺，她很喜歡。

剛一接近矗立在陰影中的自動販賣機，秋冬語立刻就發覺到還有其他的存在也在附近，她停下腳步，拉住蔚可可。

「有人……小語，好像有人坐在那耶。」蔚可可也察覺到了，急忙上前一步。就著微弱的光線照明，她看見有個男性靠坐在圍牆前，頭顱低垂，發出不明顯的呻吟聲，看起來似乎相當難受。

「先生，你還好嗎？你受傷或是哪裡不舒服嗎？」蔚可可擔憂萬分地拉著秋冬語一併靠近，心裡想著要不要叫救護車過來，「先生？」

那名男性像是聽見呼喊，有氣無力地抬起頭。

當那張臉一露出，蔚可可登時愣了一下，她對那張臉有印象，她曾見過一次。

「齊翔宇？」秋冬語說出了對方的名字，素來平淡的嗓音滲入一絲訝然，旋即那絲訝然成了強烈的警戒。並不是對方曾騷擾過自己的關係，而是……

但在秋冬語將蔚可可飛快拉開之前，行動力強的蔚可可已經主動蹲下，伸手想幫忙撐扶起齊翔宇。

就在這一剎那間！

蔚可可雙眼猛然瞪大，臉上的表情也凝固爲不敢相信，然後她的身子失去支撐，軟軟地倒了下來。

「可可！」秋冬語第一次聽見自己的聲音變得如此尖銳，她不知道齊翔宇動了什麼手腳，她一心只想接住蔚可可的身子。可是當她伸出手臂的瞬間，一股猛烈的疼痛無預警從她的腰間炸開來。

秋冬語睜大黑眸，但眼前的視野實則已模模糊糊。她的意識即將被切斷，她不知道自己的眼中倒映出齊翔宇手持電擊棒的身影，唯一後悔的是自己怎麼就沒再更早反應過來，這樣蔚可可也不會陷入危機了。

——公園周遭皆被神使設置的結界圍住，不相干的普通人絕對不可能闖入。

換句話說，齊翔宇並不是……

秋冬語閉上眼睛，意識被黑暗截斷。

外表高大帥氣的年輕人站直身體，臉上哪裡還看得見一絲虛弱的神態。

「原本只是想來回收字鬼吸取到的精氣，沒想到會有意外之喜。」齊翔宇低頭看著失去意識的兩名女孩，唇角勾起，卻不像平日他人所見的陽光。相反地，那微笑裡有著化不開的陰沉和得意。

「我明明向妳告白了，秋冬語，但妳卻拒絕我……不過沒關係，我喜歡妳就可以了。還有這個女人，別以為我會忘記妳那時的羞辱。這種好機會，我當然不會放過。」

齊翔宇的笑容扭曲了一下，隨後轉頭遙望東城公園所在的方向，「本想弄清楚發生什麼事，才讓字鬼遲遲沒回來交差……哼，前面的神使氣味可真令人討厭，不過也沒必要和那些傢伙硬碰硬。反正，今晚已經有額外的收穫了。更何況……」

齊翔宇從口袋掏出一個小巧的物體，那是一枚背後有一對白色小翅膀的蛋形吊飾，赫然是正在年輕人間瘋狂流行的天使蛋！

「這種東西，要多少有多少。就算字鬼沒了，再重新培養出來就可以了。只要製造更多的連鎖信與天使蛋，就有辦法替我吸收更多人類身上的精氣。」齊翔宇捏住掌心，等他再張開手，原先的天使蛋竟變成了一片枯葉。

齊翔宇露出冷笑，眼眸在昏暗光線的浸染下，似乎緩緩成了詭異的金黃色……

〈連鎖信與天使蛋〉完

後記

首先要來向大家說聲對不起！在整理中文一課表的時候，發現我居然寫錯科目了……在第一集中出現的聲韻學，其實應該是「語通」（全名是中國語言通論）才對。聲韻這堂課是三年級才會接觸到的，一不小心讓一刻他們跳過中間課程……是我太粗心才沒發覺這個錯誤，身爲本科生竟然還……之後要是再有提到，會一律改成「語通」，另外第一集如果再版也會修正的！（土下座）

接下來繼續回到第三集的討論上，以下依舊涉及劇透，千萬別先挑後記看喔。

這一回，那對兄妹終於正式現身了！

不知道大家有沒有被誤導，以爲蔚氏兄妹早已經是神使公會的成員來著？其實他們只是依照張亞紫的指示行動而已XDD

每次寫到這對兄妹出場的時候，總是會覺得特別歡樂，因爲可以寫非常多的吐槽。如果對他們的高中生活感興趣的話，可以參閱《織女》第三集「無名神」，那也是一刻和他們認識的

契機（趁機打廣告（喂））

而除了蔚商白和蔚可可登場之外，另一名重要角色當然就非張亞紫莫屬了。既是柯維安師父，又是文昌帝君的她，她的出現也代表著一刻等人將會碰上更多前所未見的事。

雖然字鬼在第三集中已遭消滅，但是不表示著事件就這麼落幕。相反地，齊翔宇才是眞正的關鍵。身實身分是妖怪的他，綁架了秋冬語和蔚可可，他打算做什麼？內心所藏意圖又是爲何？

這些～～～當然通通是在第四集才會揭曉！（被打）

神使繪卷第四集的副標預計爲「鏡之花與池之底」，似乎也有人發現了，神使系列的副標名好像都是○○○與×××。沒意外的話，的確都會是以這種方式命名的XD

不過有時候就連自己也會搞錯書名（艸），例如本集的「連鎖信與天使蛋」，老是會不小心口誤成「連鎖蛋與天使信」……

那麼尾聲時間～又是關鍵字要出場了！

扭曲的愛戀、扭曲的真相，

這一切都是為了所謂的……

我們第四集見囉！

啊，等等，後面好像還有東西……差點忘記了！從本集開始將會推出神使小劇場喔。爲了慶祝小劇場的第一次登台~所以這次一共推出兩回，敬請觀賞！

醉琉璃

神使繪卷の小劇場！

PART 1

安萬里　蒼井索娜真是我的天使。

胡十炎　啊～你這老傢伙在說什麼？天使當然是夢夢露！

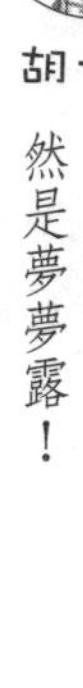

柯維安　通通都不要說了！真正的天使是全世界的小正太和小蘿莉才對！

小白　……………老子忽然又不想加入這什麼公會了……

PART 2

柯維安　小白、小白，我告訴你喔。

小白　有話快說、有屁快放。

柯維安　雖然我常看高清版無修正的動畫，可是我的真愛是三次元中的小正太和小蘿莉呢！那個臉頰、那個手臂……現實中的才是最棒的啊！……啊對了，小白你語通的作業可以借我看嗎？拜～託～

小白　……認真聽你說話的我真是蠢蛋……作業在桌上啦。

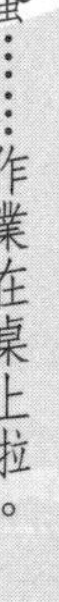

【下集預告】

字鬼雖滅，但是蔚可可與秋冬語卻遭到綁架，下落不明。
一刻等人該如何在有限的時間內找到她們？

變異的瘴，瘴的異變，
原有的規則改變了，
必須小心心靈的空隙，以免讓它們鑽進去……

卷四．鏡之花與池之底

12月，火熱推出！

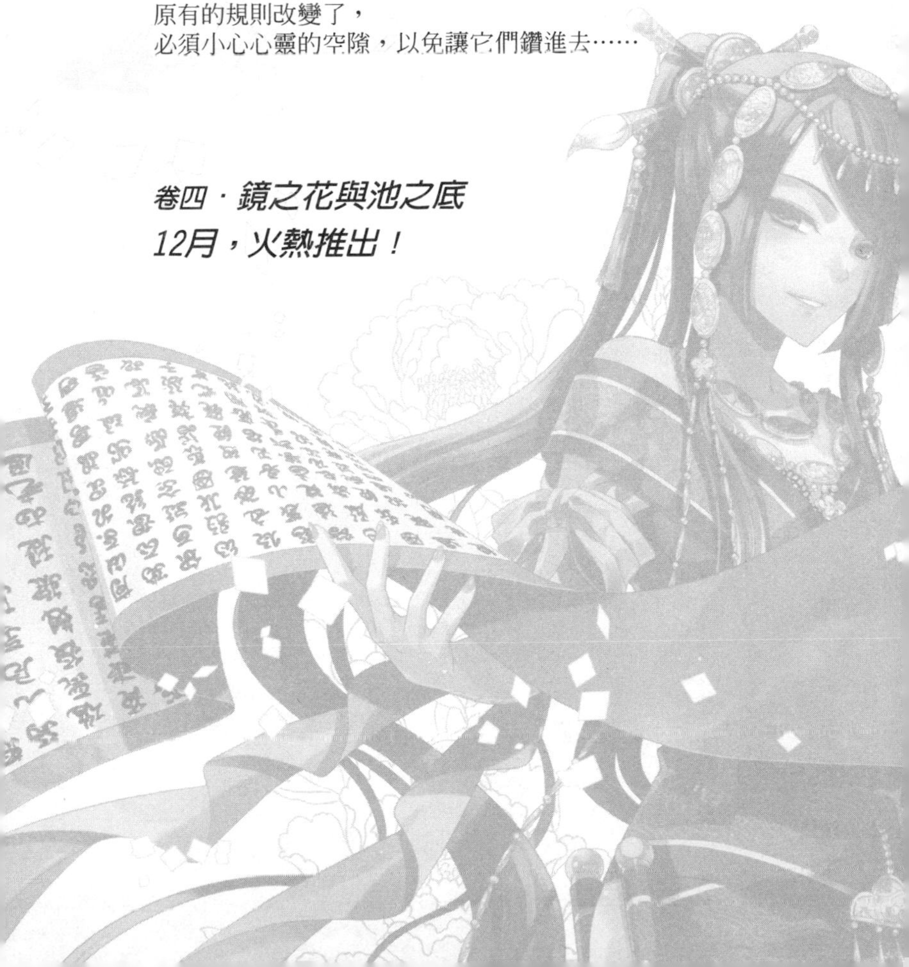

國人輕小說新鮮力！

魔豆文化推薦好書

跳脫框框的奇想

天下無聊　著

網路熱門連載小說，充滿刺激、幽默與爆笑的情節！

一切都從那年收到的生日禮物——德國手槍開始，
超幸運的殺手生活於焉展開！

升上大二的菜鳥殺手．吐司眞是「運氣」十足，這回竟碰上疑似精神失常的連續殺人犯「面具炸彈客」!?好不容易死裡逃生，卻又被預告是犯人的下一個目標？一邊疲於應付炸彈客的陰謀詭計，一邊還得解開一道道難解的多角習題，天呀，殺手生活有沒有那麼多采充實呀？

殺手行不行系列（全七冊）

魚璣　著

陰陽侍——使用陰陽術的侍者，於日據時代傳入台灣，傳承至今。現在，由Ｔ大陰陽系專門培養陰陽侍幼苗，只有擁有特殊資質的人才找得到個神祕的科系，同時獲得成爲陰陽侍的機會。

擁有特殊能力與個性的陰陽侍們將面臨各式各樣的神祕事件與來自妖魔代言人Ｄ的挑戰，他們如何一一化險爲夷，維持陰陽兩界的和平？屬於陰陽侍們的都會奇幻冒險！

陰陽侍系列（全五冊）

路邊攤　著

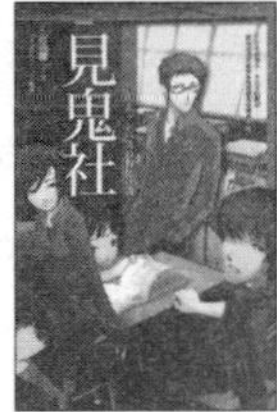

最新校園傳說、令人戰慄又懷念的校園鬼故事！

見鬼，就是我們社團的宗旨！還記得學生時代校園裡百般的驚悚鬼故事嗎？故事的開頭總是「聽說」而不是「我看到」。因爲沒有人眞正看到過，所以更有無限的想像空間……

當教室是通往異界的入口、廁所鏡子是勾人心魄的凶器、自然現象中加上了絕對無法想像的「東西」後，你還確定世界是安全的嗎？誰知道這些故事（事實？）何時會消失，何時會再度甦醒？

見鬼社

明日葉　著

淡淡心動滋味，無厘頭搞笑風格，夏日清爽開胃讀物！

炎炎夏日某一天，故事就從女孩向男孩搭訕的第一句話開始——
「你好！我是外星人，可以跟你做朋友嗎？」
這天外飛來的清靈美少女頭腦似乎……有點怪？
女孩無厘頭的個性，讓男孩平靜的校園生活瞬時風雲變色。不過，所有事件的背後都藏了無數巨大的祕密，讓人意外的眞相說明了她的「超能力」，也解釋男孩腦中的異樣感。
那天，在櫻花樹下許下的願望是……

外星少女
要得諾貝爾和平獎

醉琉璃　著

揉合神話與青春校園的奇幻冒險!

宮一刻是個熱愛可愛事物的不良少年，莫名車禍後，他開始能見到人類身上冒出的「黑線」。滿懷不解的他第一次遇上渾身粉紅蕾絲邊的可愛女孩時，就不應該再奢求平靜的校園生活了……

蘿莉小主人、靈感雙胞胎、僞娘戰友、巴掌大壞心眼少女……無敵怪咖成員們，織成驚心動魄兼冏笑連連的每一天。以線布結界、以針做武器，還要和名爲「瘴」的怪物作戰，不得已訂下契約的一刻，將展開一段名爲熱血的打怪繪卷！

織女系列（全八冊，番外一冊）

醉琉璃　著

《織女》二部來襲！不管是神明、人類或妖怪，都大鬧一場吧！

不思議事件狂熱者室友A，是個手持巨大毛筆的「神使」？一臉酷樣的少女殺手室友B，還是個活生生的「半妖」？這些宛如動漫的名詞突然殺出，低調眼鏡男只能輸人不輸陣，變身了！？

不敬者破壞封印，釋放了不該釋放之物！神使公會曝光，舊夥伴、新搭檔陸續登場——「他」無奈表示：爲啥我得聽一個男人說「我願意」呀!!

神使繪卷系列（陸續出版）

香草　著

脫掉裙子、剪去長髮，誰說公主不能大冒險！
心跳100%，詭異夥伴相隨的刺激旅程!!

一連串恐怖陰謀與噩耗的重擊下，西維亞公主一肩扛起天上掉下來的任務：「解救皇室危機」
在淚眼矇矓卻有一副好毒舌的侍女「歡送」下，
聚集超級天然呆魔法師、知性腹黑與爽朗隨性的青梅竹馬騎士長，
西維亞正式展開以守護國家爲名的嶄新冒險。

傭兵公主系列（全六冊，番外一冊）

香草　著

史上最沒幹勁的勇者，被迫上路!

夏思思是個絕對奉行「能坐不站、能躺不坐」的17歲少女。卻被自稱「眞神」的神祕美少年帶到了異世界！身爲現役「勇者」，也爲了保住小命，她只好心不甘情不願地踏上保護世界的麻煩旅程。

誰知道旅程還未展開，思思便被史上最「純潔」的魔族纏上？帶著一夥實際身分是聖騎士、偏偏又很難搞的夥伴，決定兵分兩路行動的新手勇者夏思思，前途無法預測！

懶散勇者物語系列（陸續出版）

倚華　著

輕鬆詼諧又腹黑，加上充滿絕妙個性的吐槽，全新創作！

這是一個關於友情、愛與責任的故事……（才怪！）
事實上，這是關於一個又脫線又白痴傢伙的故事。（也不是啦！）
皇家禁衛組織，一個集合了眾多「奇特」成員的團體，夥伴們該如何相親相愛地完成屬於他們的特別任務呢？

東陸記系列（陸續出版）

可蕊　著

異世界的新手，驚險連連的冒險新章！

眞是巧合？還是有人背後搞鬼？工作飛了、正面臨斷糧危機的楚君從意外甦醒後，發現自己和愛貓娜兒掉入了某個彷如電玩遊戲的奇幻國度，靈魂更雙雙進入了擁有「絕世容貌」的新軀體！

楚君和娜兒對新世界沒有任何知識與概念，但屬於「身體」的原始記憶，卻在接近眾傭兵團目標之地後漸漸覺醒。她們的身體原來是誰的？這些記憶是否具有特殊意義？而楚君手中那枚拔不掉的詭異戒指，要如何在一卡車「狩獵眞有趣」的生物環伺下，解救主人？

奇幻旅途系列（陸續出版）

米米爾　著

少喝了口孟婆湯，留幾分前世記憶。
16歲女高中生偵探，首次辦案！

嬌小又低調的偵探社社長・滕天觀，迫於種種原因，無奈地接下來自學生會長的「委託」，誰知，對方竟還附贈一個據說「很好用」的司馬同學！到底是協助調查還是就近監視，沒人說得清。

帶著前世「巡按」記憶轉世的少女偵探，推理解謎難不倒，人心險惡司空見慣，但老成淡定的她，卻總在看到「他」時，想起了什麼……

天夜偵探事件簿系列（陸續出版）

國家圖書館出版品預行編目資料

神使繪卷. 卷三,連鎖信與天使蛋 / 醉琉璃 著.
——初版. ——台北市：魔豆文化出版：蓋亞文化
發行，2013.10
冊；公分.（Fresh；FS048）
ISBN 978-986-5987-28-2
857.7 102019923

FS048

作者 / 醉琉璃
插畫 / 夜風 封面設計 / 克里斯
出版社 / 魔豆文化有限公司
地址◎ 台北市103承德路二段75巷35號1樓
電話◎（02）25585438 傳眞◎（02）25585439
部落格◎ gaeabooks.pixnet.net/blog
臉書◎ www.facebook.com/Gaeabooks
電子信箱◎ gaea@gaeabooks.com.tw
投稿信箱◎ editor@gaeabooks.com.tw
郵撥帳號◎ 19769541 戶名：蓋亞文化有限公司
發行 / 蓋亞文化有限公司
法律顧問 / 宇達經貿法律事務所
總經銷 / 聯合發行股份有限公司
地址◎ 新北市新店區寶橋路二三五巷六弄六號二樓
電話◎（02）29178022 傳眞◎（02）29156275
港澳地區 / 一代匯集
地址◎ 九龍旺角塘尾道64號龍駒企業大廈10樓B&D室
電話◎（852）2783-8102 傳眞◎（852）2396-0050
初版四刷 / 2019年9月
定價 / 新台幣 180 元
Printed in Taiwan

ISBN / 978-986-5987-28-2

FS048

魔豆文化　讀者迴響

感謝您在茫茫書海中選擇了魔豆，您的支持是我們最大的動力。
不要缺席喔，讓我們一起乘著夢想的羽翼，穿越時空遨遊天地！

姓名：　性別：□男□女　出生日期：　年　月　日
聯絡電話：　手機：
學歷：□小學□國中□高中□大學□研究所　職業：
E-mail：　（請正確填寫）
通訊地址：□□□
本書購自：　縣市　書店
何處得知本書消息：□逛書店□親友推薦□DM廣告□網路□雜誌報導
是否購買過魔豆其他書籍：□是，書名：　□否，首次購買
購買本書的動機是：□封面很吸引人□書名取得很讚□喜歡作者□價格便宜□其他
是否參加過魔豆所舉辦的活動： □有，參加過　場　□無，因爲
喜歡出版社製作什麼樣的贈品： □書卡□文具用品□衣服□作者簽名□海報□無所謂□其他：
您對本書的意見： ◎內容／□滿意□尚可□待改進　◎編輯／□滿意□尚可□待改進 ◎封面設計／□滿意□尚可□待改進　◎定價／□滿意□尚可□待改進
推薦好友，讓他們一起分享出版訊息，享有購書優惠 1.姓名：　e-mail： 2.姓名：　e-mail：
其他建議：

廣告回信 郵資免付
台北郵局登記證
台北廣字第00675號

TO：魔豆文化有限公司　收

103 台北市承德路二段75巷35號1樓

魔豆

魔豆